与世书
写给世界的
私人信

《香畹楼忆语》

今译 详考 精解

〔清〕陈裴之 著

半枝半影 译注 / 解读

漓江出版社
桂林

陈裴之（1794—1826）

字孟楷，号小云，别号朗玉山人，浙江钱塘（今杭州）人，清代江南著名才子、诗人，著有《澄怀堂集》《香畹楼忆语》《梦玉词》。

其父陈文述，为当时名士，交游广阔，主持吴中文坛，亲友多能诗，可谓书香门第；其妻汪端，也是清代著名女诗人、学者。

而陈裴之的著作中，最有名的是记载他与秦淮名妓王子兰（紫湘）爱情故事的《香畹楼忆语》，与冒襄追忆董小宛的《影梅庵忆语》齐名，二者可谓中国文学史上"自传其爱"的"忆语体"文学的双璧。

半枝半影

一直坚守着老式"书斋"风格的写作者，安守文字世界的平和寂静，只为性灵所至而书写，安静写作，安静翻译，安静推荐解读自己喜欢的作品与作者。

"与世书"系列的古文今译，追求译文的气韵与美感，力图"神似"原作风格；注释细致入微，对每一人物、事件、典故、诗词、器物、风俗皆不避琐屑，娓娓道来；通过扎实的考证补充原文的空白之处；相关解读分析，力求直面人心、洞察世情，深刻又宽容，温暖而犀利；致力于在古文今译一事上用心至性，打磨佳作。

已出版《风言风语——青春者〈诗经〉笔记》《浮生六记（今译）》《与茶说》《影梅庵忆语》等作品。

个人主页：
半枝半影之地

新浪微博：
半枝半影的笔记簿

目录

香畹楼忆语　原文 & 注解
\ 063 /

家人小传
\ 203 /

《香畹楼忆语》中的诗词
\ 247 /

后记　疲惫生活中的温柔与光亮

附录

前言

　　我们的文学史上有这么一类作品，出现较晚，数量有限，似乎不大上得了台盘，作者中也没有什么大家……却又很受欢迎，流传颇广，甚至可以说，它们得到的关注、欣赏和追捧，其实是超出了作品本身的水准的。

　　这一类，被称为"忆语体"，开山之作是著名的《影梅庵忆语》，代表作则是大家熟悉的《浮生六记》，而我们这本《香畹楼忆语》，相对来说似乎没有那么出名，更像是对《影梅庵忆语》的致敬与模仿之作，但细细读来，却也自有其魅力与价值。

　　关于"忆语体"，我觉得《影梅庵忆语》里的一句话可以概括——"自传其爱"。

不是世俗礼法、人情往来之作，也不是简单记录人物生平，而是以"私人"的方式留下的"私生活记录"。

它很琐碎，都是一些在正规传记中无法放置的日常琐事；它很浅薄，似乎只是逗着性子写，根本不考虑文字的"中心思想"是什么；它也很自我，仿佛整个世界只围绕着自我与所爱，于世风时局天下家国全不在意……但所有这些，也正是"忆语体"的珍贵之处。

我们的文学史上缺少这样的故事：由当事人亲手书写，仅限于最亲密的人和事，记录下亲身的经历，只为了留住一点点回忆，一些些往事，往事和回忆中点滴的酸甜苦辣，看似微不足道的爱恨嗔痴……从这个意义上来说，"忆语体"可以说是中国古代难得的"私文学"。

动笔解读和翻译这本书的时候，是 2020 年初，我当时正在武汉。

——这一句话，似乎能说明很多，但我其实并不想多说什么。

从最初开始码字，我就是一个"不现实"的作者，很少写身边真实发生的人与事；作为读者，我也是"非现实"一派的，更倾心于那些由幻想与映射来虚构的遥远或古老世界。

结果，从那年年初的某一刻开始，"写作"这扇门，仿佛忽然之间对我关上了。

可能是因为当时身处一个让熟悉的世界暂时"分崩离析"的旋涡中心——说是"旋涡中心"似乎是夸张了，但个人确实不得不"弯下腰来"，贴紧我之前一直未曾如此靠近的"现实"的地面，承受了或许是足以撼动世界的惊涛骇浪的第一波"攻击"。

尽管只是被波涛的边缘非常轻微地扫到，仍至少在一段时间里，我似乎是失去了向"虚构空间"的"抓手"。

不幸，或者说所幸，在这样的时候，人更需要"锚点"。

一直以来，文字是我的"锚点"，即使"创作"之门忽然关上，但我还是觉得，应该可以码点什么，也实在需要码点什么。

幸而我正在"翻译"和解读这本书。

"翻译"的好处是，有一个非你所有的"文本"做支撑，它不以你的喜怒哀乐为转移，原本就客观存在，因此在特殊的时刻，是更加合格更加称职的"锚点"。

所以，这应该是我所有的"翻译文字"中，最用心的一本了。

我一直觉得，对中国古代文学作品的"今译"，同样需要尽力遵守"信、达、雅"的原则，而不是像做功课一样逐字逐句精准全面地译出。

很多时候，明明是那么美，那么气韵流畅、和谐悦耳，那么生动而鲜明的"文言"，译成白话之后，不知怎么就显得呆板而笨重，反而比原文更佶屈聱牙，不能卒读。甚至因此形成了某种"古文翻译体"，在网上成为调侃对象。

究其原因，还是没有将之真正视为"翻译"。

真正的翻译，在准确传达原文意思的同时，还应该做适当的调整、裁剪、润色和补充，以期传达出原文的风格、韵味、节奏与美感，甚至为此在有些地方和原文"对不上"，也没有关系。

而《香畹楼忆语》的特殊之处在于，作者很有可能是在极短的时间里，同样以一种"非正常"的状态写成此书，因此颇多错综混乱、迷离惝恍之处。如果逐字逐句据实直译，读者很可能不知所云，故而不得不做一些增删、裁剪和调整，使之在保持原作清雅绮丽中带一点恍惚的风格的同时，尽量完整清晰一点。

同时，文中大量引用作者自己和亲友的诗词，因为某些原因缺失细节时，这种引用就颇有"诗词来凑"的嫌疑。这些诗词若全部拿掉，其实对全文影响不大，但原本就略显单薄的故事，会更加单薄；若是对这些诗词也做今译处理，则难度太高，必然弄巧成拙；再若如诗词赏析一般逐字逐句解读，译文又会变得太过臃肿。

所以，在"今译"部分，所有诗词原封不动地保留，同时为了文气流畅，尽量减少注解，只保留比较关键重要的、会影响到对文章理解的少部分，尽力做到精简，希望呈现到读者眼前的是完整的文字，带给读者顺畅的阅读感——当然，顺畅之余，如果还能带来些愉悦和享受，那我就真是喜出望外，幸甚至哉了。

相应地，在随后的"原文"部分，我就不厌其烦地详加注解了。

我始终觉得，所有的今译、改写，其实都不过是某种"做罐头"和"剥坚果"的工作。

那些流传至今的辞章，都曾经是最最鲜活"美味"的作品，只是时光流逝，曾经的明白晓畅变成了艰涩难懂，曾经的不言而喻变成了不知所云……这种时候，就需要有人来对其进行一些"加工"：就好像是把往昔的甜美果实做成罐头，以免它显得像是被岁月风干了水分，改变了味道；或者是敲开对今天的人来说已经成为理解障碍的"外壳"，使大家能比较容易地尝到内核的"果仁"。

当然，除非是真正的大家操刀，否则这样处理加工过的文字，肯定会流失大部分的风味。因此，我总希望，读者朋友们在尝过"罐头"之后，若是觉得还对味儿，甚至有几分可口，最好能顺藤摸瓜地去看原文。大多数时候，那是强化了许多的"对味"和"可口"。——而若是能真有读者，看了我的"今译",进而对原文产生兴趣,那我就真是太荣幸喜悦了。

至于注解工作,不用说,于文学一道,中国自古就将之视为重中之重。所以我不敢不遵循古礼,在做注解的时候,战战兢兢、不厌其烦,不仅是生僻的字词,古今不同的语义,包括那些山川地理、历史人文的掌故,只要是文中出现的,都尽量详细解释,文中的引用,也尽量附上被引用的原文全篇,以及相关的前因后果……有时也许会有累赘、啰唆的嫌疑,但我总觉得,这样的功夫,能多下一点就尽量多下一点。只是或许会对读者造成阅读上的影响,也只能在这里预先道歉了。

因为这部分内容已经相当琐屑繁复,所以文中出现的重要人物——主要是主角的家人,还有出镜挚友,其生平经历,又单独辑为一卷。不了解他们的生平,也并不影响对原文的阅读,只是因为这些人物的命运也各有其精彩和可喟叹之处,简单讲一讲他们的生平经历,既是为读者增加阅读的质感,也是为了让这些曾经鲜活而丰富的生命,更为人所知一点。

而诗词的注解和解读,与原文注解又略有不同,再单独辑为一卷,供诗词爱好者赏析。

至于后记部分,是我自己对《香畹楼忆语》的一点观感与解读,我说过,这篇悼亡文字,成文背景略为特殊,因此颇有些错综迷离之处，我也只是给出了自己的梳理和理解，聊备一格，绝非定论。同时也是希望与读者朋友遥相探讨，今天的我们，究竟应该怎样去解读和感受这样的前代文字。

最后，看完所有这些，或许还有读者仍有兴趣与余力，意犹未尽。而恰好这篇《香畹楼忆语》之外，还有作者的父母家人为其作的序、传、诔、哀辞等悼念文字。因为所述事件内容大致相当，所以我就不再做解释评注，只是原文附上，供有兴趣和余力的读者朋友进一步"钻研"了。

以上，便是我对《香畹楼忆语》今译、评注和相关资料编辑的思路，以及自己的一些小想法、小观点。我虽不才，此书却相当之奇妙，还是很值得读者诸君，将生命中的若干时辰，投入其中。

谢谢。

半枝半影

2021 年 1 月 于北京

香畹楼忆语　今译

一

那是<u>丁丑年</u>十月，父亲卸任归家，多年苦辛，积劳 1817 年
成疾。又逢时疫，家中十一人先后病故。而母亲原本就
身体羸弱，抱病照料父亲，衣不解带。整整一个冬天，
直到第二年开春，父亲的病情没有一点好转，请来的医
生都束手无策。

我也染病卧床，刚能起身，便往白莲桥华佗祠求
药，祷告时不禁落泪，唯愿用自己的寿命换父母健康长
寿。我妻允庄也在观音菩萨像前发愿，从此持斋礼佛，
奉行众善，并与我一道每日抄写念诵《观音经》。或许
是感念我俩的诚心，我在华佗祠抽到一剂药方，父亲按
方服药，四十九服之后渐渐痊愈。

允庄既在佛前郑重许愿，我夫妇便分房而居四年之
久。而她素有选编一部前朝诗集的心愿，每夜翻检前人
集子，一盏孤灯，一杯清茶，兴致起时，竟至通宵达
旦，从此落下失眠的毛病。

允庄忧虑自己心神消耗、身体孱弱，不能好好侍奉长辈、抚育孩子，也无法照应我的起居，不顾我的反对，数次给娘家女眷写信，请她们为我物色一房妾室，代她照料家人。

又因我日常应酬，朋友时有戏言，说苏杭一带的名姬佳人，没有不愿为我做妾的。允庄就几次三番向父母建议从中为我选一侧室。

但我实在认为此事不可行，也曾向允庄剖白：父亲游幕十余年，含辛茹苦、兢兢业业，始终未得一正职。而家中几十上百口人靠他养活，还有几十家亲朋需要周济，兼之祖父母犹在，皆年过七旬，更需悉心奉养。父亲虽未说起，但我能感觉到他的忧虑与疲惫。

而我四次应试，未得功名，深觉得不应再执着于科举，幼弟早逝，父母只有我这一个儿子未来可以依靠，所以我选择和父亲一样从幕僚做起，替父亲分担一些养家的重任。

既然身在官场，应酬之际，秦楼楚馆中或许有佳人眉目传情，甚至愿以身相许。但国家自有禁令，官场易惹是非，我实在不愿因一时动情招致非议。且欢场中人，温香软玉点缀风情或者无妨，真正洗尽铅华，侍奉长辈的能有几人？纳妾之事，实在不能草率啊。

话虽如此，家中欲为我纳妾之事，终究是传扬出去了。

<u>金陵停云阁吴姬</u>，性情豪爽，有"侠女"之名，最是珍爱她的小女儿幼香姑娘，如掌上明珠，拜托名士侯云松先生传话，欲将爱女托付给我。

南京

我无奈赋诗婉拒：

肯向天涯托掌珠，含光佳侠意何如？
桃花扇底人如玉，珍重侯生一纸书。

新柳雏莺最可怜，怕成薄幸杜樊川。
重来纵践看花约，抛掷春光已十年。

生平知己属明妆，争讶吴儿木石肠。
孤负画兰年十五，又传消息到王昌。

催我空江打桨迎，误人从古是浮名。
当筵一唱琴河曲，不解梅村负玉京。

白门杨柳暗栖鸦，别梦何尝到谢家？
惆怅郁金堂外路，西风吹冷白莲花。

今译

不想这些诗流传出去，却被一位紫姬姑娘读到，很是欣赏赞叹，我却全然不知。谁也未曾料到，一段姻缘，于此时埋下种子。

1821 年
今南京江宁区

到辛巳年正月下旬，我到苏皖一带游历，途经秣陵，第一次见到紫姬。

那时幼香姑娘已有归宿，亲眷朋友为其送行，吾友王生嘉福约我同往。记得那一刻画烛高照，灯火摇曳，瓶中梅枝映着烛光，暗香浮动，格外婀娜。紫姬看向我时，我也正看到她，一时间竟不能挪开视线，却又相对无言。

嘉福便和幼香姑娘开玩笑，说起前朝传奇里的句子，翩翩公子冒辟疆初遇绝代佳人董小宛："仿佛一对璧人，被穿堂的月光照亮。"

回过神来，紫姬已坐在我身旁，仿佛知道我酒量极浅，捧上的是一杯香茗，轻言细语，聊起我家中的事情。

我很是讶异，这第一次见面的姑娘，为何对我家中的人和事如此熟悉。紫姬低头微笑道："留意公子很久了。您婉拒幼香姑娘的那几首诗，真是缠绵悱恻，触动人心。现在她将远嫁，从此天各一方，难道您就没有一点遗憾吗？此时此景，应该再为她写几句诗才是啊。"

说话间，只听幼香唱起一支曲子，正是《牡丹亭》中一出《寻梦》。紫姬轻轻铺开纸卷，缓缓执笔蘸墨，笑着递给我。我接过笔，只觉得怦然心动，诗句自然流露，竟不知是为谁而作：

　　休问冰华旧镜台，碧云日暮一徘徊。
　　锦书白下传芳讯，翠袖朱家解爱才。
　　春水已催人早别，桃花空怨我迟来。
　　闲翻张泌妆楼记，孤负莺期第几回？

　　却月横云画未成，低鬟拢鬓见分明。
　　枇杷门巷飘镫箔，杨柳帘栊送笛声。
　　照水花繁禁著眼，临风絮弱怕关情。
　　如何墨会灵箫侣，却遣匆匆唱渭城。

　　如花美眷水流年，拍到红牙共黯然。
　　不耐闲情酬浅盏，重烦纤手语香弦。
　　堕怀明月三生梦，入画春风半面缘。
　　消受珠栊还小坐，秋潮漫寄鲤鱼笺。

　　一剪孤芳艳楚云，初从香国拜湘君。

　　　　　　　　　　　　　　　　　　　　今 译

侍儿解捧红丝研，年少休歌白练裙。

桃叶微波王大令，杏花疏雨杜司勋。

关心明镜团圞约，不信扬州月二分。

紫姬读完，感慨不已，叹道："公子家中，父母长辈慈爱温厚，夫人大度贤惠，众人皆知，多少姐妹愿将终身托付，您却总是推托婉拒，仿佛可有可无，又有多少人以为您薄幸无情，实在是不知您的苦衷啊。您是怜惜夫人多病，希望有人替她尽心尽孝，侍奉父母长辈，所以格外慎重啊。"

被她说中心事，我却不知如何作答。

临别之际，紫姬赠我一首诗：

烟柳空江拂画桡，石城潮接广陵潮。

几生修到人如玉，同听箫声廿四桥。

诗中心意，如此清晰真挚，我亦不知何以为报。离去之时，月落乌啼，地上一层薄霜，马蹄声中，只觉满怀惆怅，黯然销魂。

回到扬州，已是春日，每当花间独坐，捧起一杯新茶，就忍不住想起那时灯下的一盏香茗，茶烟袅袅，曾为我捧茶的佳人却不知在哪里。

又是侯先生带来紫姬书信，字里行间，情意绵绵，我情不自禁写下诗句以纪念：

二月春情水不如，玉人消息托双鱼。

眼中翠巘三生石，袖底金陵一纸书。

寄向江船回棹后，写从妆阁上镫初。

樱桃花淡宵寒浅，莫遣银屏鬶影疏。

二

父母也从侯先生处听说此事，允庄看过紫姬的诗与信，被其才情打动，催促我快些将她迎娶进门。

我却还是有些踟蹰："虽是侧室，也是三生之约，仅凭一面之缘，是否太过草率？对人家姑娘似乎也不太负责啊。"

允庄却早已和我父母商定，说："紫姬姑娘深明大义，不是寻常女子，父母都已知晓，准备郑重拜托欧阳炘老先生做媒，以示郑重。"

这时已过七夕，欧阳老先生亲自前往金陵，为我求娶紫姬。秋高气爽，风清日丽，金陵山水，都仿佛打点精神，喜迎媒人一般。

欧阳老先生此前就从紫姬父母那儿听到消息，知她倾心于我，希望能促成好事。还曾找我问起，言语间不无诧异："从来只听说'窈窕淑女，君子好逑'，这回倒是淑女好逑君子了。我在北方为官多年，刚回来就遇到这么一桩妙事，倒像是专门为了促成这段佳话，才从三千里外回到故乡啊。"

我把前因后果说与欧阳老先生，并给他看紫姬的书信。老先生开怀大笑，说："这下父母之命、媒妁之言俱备，何等郑重，紫姬姑娘也面上光彩啊。"

三

到了迎娶之时，本应我亲往南京迎接。但紫姬性子端庄稳重，觉得如此不合礼数。欧阳老先生便让他的夫人，与紫姬的嫡母一同送她出嫁。而我家则早早安排画船香车，一直接到瓜洲。

后来吾友蒋生志凝告诉我，听说紫姬将嫁入我家，金陵诸姬皆赞叹艳羡，都说是极好的姻缘。与她关系好的姊妹，甚至有为之喜极落泪的，都说这是堪比当年董小宛嫁冒辟疆的佳话。

而吾友欧阳长海更是为此写下一首词，其中有"素娥青女遥相妒，妒婵娟最小，福慧双修"的句子，朋友们都说极为贴切。

紫姬家中姊妹十人，她年纪最小。姐妹中除一人早夭，其余皆已出嫁，所嫁亦皆不俗。然而紫姬日后悄悄对我说，出阁那天，亲友云集，说起各人姻缘，都道她"后来居上"，年纪最小，嫁得最好。

紫姬的七姊最是性情洒脱，谈吐有趣，曾和她的两位嫂子谈及身前事与身后名，感叹道："若后世有人将

　　　　　　　　　　　　　　　今译

我辈故事谱作传奇，我等都只好派作杂角儿，不涂个白脸花脸已算走运。盛装华服的正旦，只好留给小妹去扮演了。"

姊妹们哄笑之余，却也都道她说得有理。

四

之前有一位明珠姑娘，据传与我有情。叔伯辈说起此事，马履泰马老先生曾对侯先生笑说："我瞅着这事儿成不了，小陈玉树临风，哪里还需要明珠仙露来滋润映衬。"

侯先生便把我家求娶紫姬的事儿说给马老先生，马老先生击掌："这才对嘛，小陈的心病，非得十全大补丸才能治好。"

因为他知道我家情形，也知紫姬排行第十，便开了这么个玩笑。倒是由此可知，身边亲友，从长辈到平辈，都很是看好这段姻缘。

事有凑巧，紫姬将嫁之时，我与允庄住的朗玉山房，开出一枝并蒂兰花。允庄笑着说："这是要有国色天香来到咱家的征兆啊。"

那时她正为紫姬收拾新房，我们便把新房题为"香畹楼"，紫姬名子兰，小字紫湘，我便再赠她一个表字，名为"畹君"。

为此，我写了一首《国香词》：

悄指冰瓯，道绘来倩影，浣尽离愁。
回身抱成双笑，竟体香收。
拥髻离骚倦读，劝搴芳人下西洲。
琴心逗眉语，叶样娉婷，花样温柔。

比肩商略处，是兰金小篆，翠墨初钩。
几番孤负，赢得薄幸红楼。
紫凤娇衔楚佩，惹莲鸿，争妒双修。
双修漫相妒，织锦移春，倚玉纫秋。

填词一向不是我的长项，谁想这首词传出去，竟颇得称赞，好几位擅长填词的朋友都有相和之作。

自紫姬来归，我渐渐开始在填词上有所领悟，作品也多了起来，允庄让我编辑成册，题为《梦玉词》。还笑说："夫君能写出这些绝妙好词，都是因为纳了一个扫眉才子啊。"

巧事儿却非只这一件。吾乡风俗，看人指间螺纹，可知此人性情命运，有"一螺巧"的俗语。我恰好只有左手食指是"螺"，应了此话。

而紫姬嫁来后，允庄与我家姊妹玩闹着看她的指间，竟然也只有一螺，也正在左手食指。

就连父母和祖父母听说了，也都笑着说："这真是天作之合啊。"

五

允庄的闺中好友钱姬，听闻紫姬来归，赠画为贺，画的是一幅花下美人，背影纤细袅娜，仿佛花枝一般。

钱姬素有才名，赠画之事为人所知，吾友彭生剑南，将我与紫姬的故事，写成一出传奇，也写到这一段。我便填了一首《金缕曲》：

省识春风面，忆飘镫、琼枝照夜，翠禽啼倦。

艳雪生香花解语，不负山温水软。

况密字、珍珠难换。

同听箫声催打桨，寄回文大妇怜才惯。

消尽了，紫钗怨。

歌场艳赌桃花扇，买燕支、闲摹妆额，更烦娇腕。

抛却鸳衾兜凤舄，髻子颓云乍绾。

只冰透、鸾绡谁管？

记否吹笙蟾月底，劝添衣悄向回廊转。

香影外，那庭院。

此词此画，都让紫姬爱不释手，拿出一本画册一同玩赏。且说："夫君快看，钱姬此画，是不是颇得此风致韵味？"

那是前朝名姬马湘兰所画兰花图，一共十二幅，真是风姿楚楚，秀美绝俗，卷首题着"紫君小影"四个字，却是她嫂子闰湘的笔迹。

原来这十二幅兰花图，一向是闰湘的珍藏，到紫姬出嫁时，欣然题字，给她做了嫁妆。

这些画太过珍贵难得，我想拿出去找人拓刻为石碑，以便收藏。紫姬却不愿意，说："这是我等女子香闺韵事，流传出去，未免被世间俗人说道，岂非不美？"

我便如她所言，只在闺中与她赏玩。

六

当时金陵名妓吴姬玉龄，风流跌宕，性情不羁，骨子里其实有一股郁结之气，曾对吾友陶生焜午说："我等飘零风尘，也就罢了。还好姊妹中有一个紫姬紫夫人，仿佛空谷幽兰，出尘脱俗，真是天下第一等的容貌品格，恰好天地间还有一个陈公子，非紫姬不娶，而紫姬也非陈公子不嫁。如此姻缘，真是又郑重又敞亮的天作之合，实在为我辈风尘中人扬眉吐气啊。"

陶生说起时喟叹不已，很是赏识吴姬的性情心胸，推为秦淮第一佳人。

偏偏这时有位车君持谦，化名捧花生，写了一部《秦淮画舫录》，点评秦淮名妓，把倚云阁主人金姬袖珠推为花魁。陶兄等一众朋友都觉得不太公允，话里话外时常讥讽。

然而紫姬却说，金姬为花魁倒也没错。

原来我在南京时，公事应酬，被王兄嘉福拉到倚云阁，当时我并不认识金姬，而她却一见就道出我的名字，还说："公子是家中有国色天香的人。"竟是对我和紫姬的事儿了如指掌，且言辞间极为仰慕。

南京公事繁琐，更有上司似乎忌惮我的名声，处处掣肘。因此金姬的赏识与仰慕，很是抚慰人心。

回到扬州，对紫姬说起这些，她偏心于我，便觉得金姬的见识胸襟，实在可算是秦淮众芳之首。

七

虽说紫姬往往偏心于我，但她其实是极有见识的女子，确实当得起家中父母当初"深明大义"的评语。

那时我在两淮都转盐运使钱昌龄钱公麾下效力，钱公慷慨，勇于任事，向兼任两江总督的大学士孙玉庭孙公大力举荐我，并有意命我执掌三十七万库藏出入。

我极力推辞，钱公有些恼怒，说："知道你是守信君子，才干人品俱佳，才托以重任，不料你竟避重就轻，怕是也染上了官场中讨巧怕麻烦的风气！"

我很是惶恐，但仍恳切地说："下官不才，确实有些避重就轻，但既已蒙您大力抬举，若是再当此重任，恐怕招致众人非议，必定说我品性不良，进而质疑您用人眼光，甚至有损您的清名。而我爱惜名声，不只是为了自己，更是为了能在公事上有所作为，好好回报您的知遇之恩啊。"

钱公觉得我言之有理，这才不再坚持。

回到家中，允庄和紫姬正在香畹楼中赏月，我将此事告知二人，允庄说："官场风气如此，夫君此举可谓出淤泥而不染，也不枉钱公赏识您一番。"

紫姬更分析道："夫人所言极是，官场最忌众人皆浊我独清，若是执掌库藏，真是清也不是，浊也不是，公子正该推辞。唯愿夫君日后立身处世，'严以律己'之余，还须'宽以待人'，保全有用之身，毋折损于小人和琐事。"

我与允庄都为紫姬此番见识与谈吐而讶异感叹。

允庄且笑着对我说："夫君啊夫君，听了紫姬这番话，您还敢说秦淮佳丽，今不如昔吗？"

八

原来在遇到紫姬之前，我曾为《秦淮画舫录》作序，当时却是借题发挥，借为人作序抒发自己胸中的郁结之气。

记得我是这样写的——

　　　　　　　　　　　　　今 译

时逢秋夜，姑苏兰语楼中，与蕊君姑娘垂帘熏香，赏画听琴，心绪悠然之际，谈起秦淮往事，蕊君便问道："一曲《桃花扇》，天下皆知，谁不艳羡那李姬李香君与侯方域侯公子的故事。但不知您觉得如侯公子这样的人，算是佳偶呢，还是怨偶呢？"

我说："香君守节，血溅桃花扇，不负侯生。然而考察侯生所作所为，大是大非的问题上，远不如香君有节操，纵然百般柔情蜜意，也算不得佳偶。"

蕊君又问："与李香君齐名的还有柳姬柳如是，那更是世人皆知的绝代佳人，且学识非凡，才华横溢。当日她倾心于陈子龙陈公子，却未能如愿，才嫁给了虞山先生钱谦益。

"却不料钱先生晚节不保，柳姬以死相逼，也不能使他与自己一道慷慨赴义，失去了以名节彪炳青史的机会。

"想来总归是一死，还不如当初对陈公子以死为誓，或许还能感动陈公子，日后一同慷慨赴难，得以名垂青史。您觉得是也不是？"

我说："这确实是柳姬的不幸，又何尝不是陈君的遗憾呢？人生遭遇变故，若身边人能够把持大节，彼此扶持鼓励，慷慨赴义，才是至为圆满的境界。"

"与李、柳二人齐名的还有顾姬顾横波，她最初倾心的不也是铮铮铁骨的石翁先生黄道周吗？只因石翁不为所动，顾姬才嫁了定山先生龚鼎孳，谁知龚先生也是晚节不保，带累佳人白璧有瑕，为后人不齿。

"当时秦淮诸艳，唯有葛姬葛嫩娘，与名士孙克咸两情相悦，携手殉节，慷慨激烈，足以千古传扬。这才算得上真正的佳偶。

"须知世间女子，便如屈原先生诗中的兰花：为高人佩戴，则香气愈发袭人；被虫蚁所趁，则转瞬腐败。——其实兰花与女子何辜，只是遇到的人不同罢了。

"蕊君不也是如此吗？纵然你洗尽铅华、雅好诗书，视权势如浮云，觑富贵如尘土，世间庸才，固然不能赏识，便是才子文人，似乎是你的知音，但不到大节关头，又怎知他们是否值得托付真心呢？

"想那侯生、钱公、定山先生，承平之日，何尝不是名满天下，风雅绝伦，比今日蕊君身边这些吟风弄月、寻章摘句的所谓名士，不知高出多少。而时穷节乃现，生死大义之前，他们不也一样贪生怕死，辜负了身边佳人的赏识与托付。

"和他们相比，如陈生、黄公这般铁石心肠，甚至那些游戏花丛的浪子，虽然似乎薄幸无情，却也不至于带累佳人名节有损，青史遗恨。

"如此前尘往事，怎能不让人心生郁结，人间哀欢，究竟可与谁共？

"我知蕊君胸中志气，不同凡俗。但风月场中，纸醉金迷，知己难寻，世事多变，若痴心错付，所托非人，纵然一片冰心在玉壶，却也要倾向沟渠泥泞之间。

"而那些轻薄子弟，还要巧言令色，说什么'身后千秋万代的名声，怎如此时花前月下的一杯美酒'。如此这般明珠暗投，美玉蒙尘，高洁佳人为凡夫俗子所得，抱恨终身的故事，我已看得太多，也只能付之一叹。"

听我此言，蕊君泪盈于睫，唏嘘不已。我也黯然停杯，满怀慨叹。且将这一夕闲谈，形诸笔墨，为《秦淮画舫录》之序言。

秦淮自古风流胜地，处处繁花，夜夜笙歌，衣香鬓影，美人如云。却也有前朝末年那般曲终人散、衰草斜阳之时，名士垂垂老矣，红颜长眠黄土。余澹心一部《板桥杂记》，写尽了个中兴亡沧桑。

而今又逢盛世，江南重现繁华；依旧是风流子弟倚红偎翠，锦绣佳人游山玩水；风花雪月，琴棋诗酒；

温香软玉，轻烟淡粉；仿佛天地钟灵秀气，人间富贵温柔，尽聚于此。此时此地，捧花生所作《秦淮画舫录》，与当年的《板桥杂记》自然是大异其趣。

但我总觉得，这般脂香粉腻的花朝月夕，总还有如蕊君一般的女子，沉思往事，细想前尘，勘破繁华幻梦，与我同醒才是。

这般文字，都是当时偶有所感、兴之所至而作，时光流逝，早已不复记忆。

偏允庄因着紫姬的缘故，重提旧事，笑说："夫君当日借作序之名，直抒胸臆，洋洋洒洒，尽是喟叹感慨之言。今天对着紫姬，还敢慨叹风尘之中没有红颜知己吗？"

吾妹苕仙这时却来替我说话："倾心吾兄的佳人自是不少，但我知吾兄从来守之以礼，从未有浪荡轻薄行径。所以才得到紫姬这般佳人，这是上天给吾兄的回报啊。"

众人都道确是如此。

九

上一辈秦淮佳丽，最出色的是秋影阁主人王姬，此时她已洗尽铅华，闭门谢客，终日焚香煮茶，于诗书间消磨时光，晚辈佳人，无不对她礼敬有加，紫姬也是如此。

而王姬生平最恨明珠暗投、白璧蒙尘之事，遇到小姊妹所托非人，总是苦心劝谏。听说紫姬嫁到我家，她为之喜动颜色，破例约我一见。

为我引见的还是侯先生，王姬笑问："我总说小十这孩子虽然秀美异常，却太过纤瘦，不知嫁给公子后，有没有丰艳一些呢？"

又向我郑重行礼道："自紫姬年幼时，我便知她品格非凡，风骨出众，能慧眼识公子，得成佳偶，实在是让我辈中人与有荣焉啊。"

我感念王姬之言，归来说与紫姬，她也为之微笑动容。

十

　　紫姬嫁来的那几年，正是我公务最繁忙之时，哪怕天寒地冻，也总是深夜才归来。阖家俱已歇息，唯有紫姬为使父母放心安睡，独坐炉边等我，迎我以一盏明灯，一杯热茶。

　　但不管睡得多晚，到第二日清晨，她又依足规矩，早早起床，收拾停当，依次向长辈家人请安，数年如一日，晚睡早起，甘之如饴。

　　回想紫姬嫁我之前，与秦淮姊妹们观剧作乐，当时演的是蒋公士铨的几部戏，诸姬各有所好，紫姬最喜欢的却是《雪中人》里的几句，"可怜夫婿是秦嘉，风也怜他，月也怜他"，吟咏再三。

　　一个名叫改子的小侍女，最是伶俐，笑说："这几句可说到十姑心里去了。"众人都笑。

　　再想到紫姬嫁我之后，我忙于公务，聚少离多，在家之时也总是使她深夜枯坐，不能安枕。愧疚之余，我曾寄给她一首《虞美人》：

　　　　　　　　　　　　　　　　今 译

蹋冰瘦马投荒驿，负了卿怜惜。

累卿风雪忆天涯，休说可人夫婿是秦嘉。

平生知己饶姝丽，望远书频寄。

榴裙红沁泪痕多，况是比肩爱宠更如何？

后来，又寄给她一首《蝶恋花》：

霜月当头圆复缺，跃马弯弓，哪怪常离别。

约了归期今又不，关山只认无啼鴂。

何事沾膺双泪热，帐下悲歌，竟未生同穴。

忍与归时镫畔说，五更一骑冲风雪。

这两首词，紫姬爱不释手，每当分离，思念弥深之
时，便吟诵词句，以慰相思。

十一

然而我与紫姬之间，并非只有儿女情长。

她知我自幼有豪杰之志，不甘书生终老。于孙公、钱公麾下时，恰逢朝廷锐意整顿江南盐务，此事涉及盐枭及私贩，牵连极广，需恩威并施，加以约束。孙公询问我时，我上书直言：此辈皆鸡鸣狗盗之徒，为利所驱，铤而走险，实为隐患；却不可操之过急，亦不可听之任之，莫若选取其中可用之人，晓之以理，分而化之，"以毒攻毒"，或可将隐患消弭于无。

孙公很是赞赏，说："此言深得兵法精髓。"

依计行之，众盐枭为孙公及诸位大人忠信仁义所感，洗心革面，归附者颇多。

紫姬听说后，很是欣慰，说："一向担心公子过于聪敏严厉，须知宵小之辈，多是鹰龙之性，纵能一时铩羽降服，本性难驯。幸而公子能体会此中深意，处事胆大心细，我也就放心了。"

紫姬着实知我性情，而她屡次的温言相劝，也使我警醒，助我良多。

盐务和漕政紧密相连，我既奉檄打理仪征水利，又调整相关盐政，赶上年末，诸事千头万绪，琐碎繁杂，颇有焦头烂额之感。幸而最终不辱使命，上报诸公知遇之恩，下安一方百姓，也算不枉寒冬奔波之苦了。

　　紫姬软语慰藉："寒冬腊月，冲风冒雪，使得国库充盈，百姓安乐，对公子的称颂之声四处可闻，哪里还会有辜负香衾、'风雪忆天涯'的遗憾愁苦呢？"

　　话虽如此，但我深知，紫姬心底总还是盼着与我相聚的时候更长久一些。

　　每到七夕，随家中女眷在璧月楼侍奉祖母和母亲之时，紫姬总是偷偷解下手臂上的彩色丝缕，让侍儿悄悄藏在屋梁上。只因吾乡风俗，这藏在梁间的丝缕，会被喜鹊衔去，连缀成鹊桥，使分隔两地的爱侣得以相会。

　　吾姊萼仙知晓她的心思，在冰丝绉纱上画并蒂兰花和连理桂枝相赠，取同心欢聚之意。紫姬就着月光，一针一线密密绣成，镂金错采，巧夺天工，再转送给我。我知晓这方寸之间密密的情意，一直随身收藏，爱逾珍宝。

十二

说明：此部分将原文十二、十三略显混乱
的行文段落略作调序。

虽然紫姬与我两情相悦，恩爱异常，但她仿佛从不知妒忌为何物。

我时常收到佳人馈赠的小物件，如丝巾、绢帕、玉佩、绣品等，她都替我密密包裹、细细收藏，尤其喜爱一只养在精致小笼子里的蝈蝈，带在身边悉心喂养，爱不释手。

家中姊妹偶尔和她开玩笑，她总是认真地说："名士倾城，两相爱慕，本就是人之常情。若不是翩翩浊世佳公子，哪里会得到这么多佳人的垂青呢？"

对这些"佳人垂青"，我也是无可奈何。既已心有所属，便只得填词婉拒：

〈一〉
曳雪牵云，玉笼鹦鹉，唤掩重门。
曲曲回阑，疏疏帘影，也够销魂。

愁看照眼浓春，添多少香痕泪痕。

默默寻思，生生孤负，无数黄昏。

〈二〉
休蹙双蛾，鬓华倩影，好伴维摩。

娇倚香篝，话残银烛，闲煞衾窝。

更无人唱回波，只怕惹情多恨多。

叶叶花花，鹣鹣蝶蝶，此愿难么？

吾妻允庄，不愧与紫姬情同姊妹，看后点头赞道：
"夫君既难免应酬，若是一味严词拒绝，未免无趣，且
伤佳人之心；若是一并笑纳，岂非真是登徒子了。就要
这样不背不触，发乎情止乎礼，才是与佳人相对的最高
境界啊。"

紫姬则感叹："红颜飘零，千古伤心，真能与公子
这样的良人结下善缘，修成正果，是何等的福分啊。"

我只好和她俩开玩笑："安得金屋千万间，大庇天
下美人俱欢颜。"

紫姬与允庄相视而笑。

十三

说明：此部分将原文十二、十三略显混乱
的行文段落略作调序。

到癸未年春天，母亲忽然病倒，情形危急。紫姬日 1823 年
夜焚香叩拜，唯愿替母亲承受病痛。我连夜赶回家中，
往太平桥华佗祠祷告，得到三服药方，治好了母亲的
病。而紫姬从那时开始，发愿替我持观音斋，每月初
一、十五茹素，以保佑母亲安康。

不料允庄接着病倒，病势沉重，奄奄一息。紫姬日
日贴身伺候，亲手侍奉饮食汤药，百般照顾，废寝忘
食。偶尔与我家叔母言及允庄病情，焦虑之情溢于言
表："夫人如此纯孝贤惠，倘若真有三长两短，岂不是
要伤透了长辈的心，而让公子抱憾终身，我别无他求，
唯愿菩萨垂怜，若真有什么不幸之事，就让我替夫人承
受吧。"

许是她诚心感天，允庄病情渐渐好转。

而这段日子我仍奔波在外，且责任日重、公务愈
烦，也算是饱尝仕途艰辛。虽然为奉养父母长辈，一直

只在家乡附近公干，但人在官场，身不由己，侍奉父母、照顾允庄的责任，仍大半落在紫姬肩头。且流年不利，虽兢兢业业，如履薄冰，仍不免招致小人诋毁，饱尝凄凉滋味。苦闷至极时，我曾填词一首寄给紫姬：

> 年来饱识江湖味，今番怎添凄惋。
> 远树藓烟，残鸦警雪，人在黄昏孤馆。
> 更长梦短，便梦到红楼，也防惊转。
> 雁唳霜空，故乡何事尺书断？
>
> 书来倍蒙别恨，道闺人小病，罗带新缓。
> 茗火煎愁，兰烟抱影，不是卿卿谁伴？
> 怜卿可惯，况一口红霞，黛蛾慵展。
> 漫忆扬州，断肠人更远。

此时紫姬也已染病，时时咯血，却隐忍不言，只说无事，唯恐家人担忧，也不愿我挂念。到这年岁末，我终于冒着风雪赶回家中时，她已瘦骨支离，缠绵病榻。

我这才回想起，从去年十月以来，紫姬时时对我说："公子再别像以前那样，对佳人心意视若不见，还是物色一个知心合意的姐妹陪伴身边才是。"

我讶异她何出此言，她说："我知公子眷恋父母长辈，不肯到外地为官，已经惹得物议纷纷。倘若真有朝廷任命，公子不得不远行，则母亲年事已高，夫人身体羸弱，必然不能与公子同行，那我岂能不留下来替公子尽孝尽心？然而山高水远，公子孤身在外，我又怎能放心，唯有再寻一个懂事上心的姐妹，替我照应公子起居，我才能放下心来啊。"

当时我只是感念紫姬考虑周到，委曲求全，却不知她此言分明是在托付身后之事啊。

年初之时，我曾向一位姓施的隐士问流年吉凶，施生以六爻占卜，十分灵验，他对我说："阁下诸事顺利，只是夫人身体有些不好，恐怕有比翼折翅之痛。"

我大惊，问如何化解，施生说："小星替月，或可化解。"

这便是祸事要应在紫姬身上了，我再恳请继续化解，施生只说："嘈彼三五，或免递及之祸。"

语焉不详，允庄推究话中意思，应是再寻一人以替紫姬。及至紫姬病倒，我夫妇二人更是焦虑，又请一位李姓高人占卜吉凶，李生说得更是明白："此人前身是天界花神，艳羡人间恩爱，下凡感受一番，缘分已尽，该回去了。"

允庄情急之下，禀告父母，请再为我娶一房侧室，以保全紫姬。

我叹道："如果此计可行，则新人何其无辜，我们于心何忍？若此计不可行，则紫姬奄奄一息之时，我却另娶他人，岂非伤透了她的心？你我又于心何忍？"

允庄垂泪："那么究竟如何是好呢？"

我只得劝她："生死祸福，总是天命，我们只尽人事吧。紫姬一向孝顺，不以自己的病体为意，反而忧虑使父母长辈操心挂念，每次说起都落泪不止；又时时牵挂自己的亲生父母，伤心煎熬。不如我带她回金陵探亲养病，暂时离开父母跟前，岂非两全之计？"

允庄称善，和父母商量之后，赶紧为我和紫姬收拾行装，催促动身。

十四

1824 年　　　　这时已经是甲申年四月，母亲忍着眼泪对我说：

"紫姬回乡养病，若真能痊愈，实是我家的幸事。只是天气渐热，一路上风雨波涛，我委实不放心。我儿还是先去庙里问一问吉凶，再作打算才好。"

我便前往关帝庙祷告求签，签文写的是：

贵人相遇水云乡，冷淡交情滋味长。

黄阁开时延故客，骅骝应得骋康庄。

母亲看到签文中有"骅骝""康庄"之语，以为是道路平安之兆，便让我们动身上路了。

谁知紫姬家中祠堂西偏堂挂着的一幅大字，写的恰是"康庄骥足蹑青云"。

而紫姬去世后，停灵之处，正在字下。

事后追思，恍如梦幻，冥冥中似已注定。神明有知，能透露消息，却不能留住伊人性命，西阁门下，绿荫榻前，"骅骝""康庄"之语，竟是生离死别之兆。

十五

我与紫姬赴金陵途中，接到允庄书信，以诗传情：

梅雨丝丝暗画楼，玉人扶病上扁舟。
钏松皓腕香桃瘦，带缓纤腰弱柳柔。
五月江声流短梦，六朝山色送新愁。
勤调药裹删离恨，好寄平安水阁头。

紫姬感动不已，依韵和诗一首：

风雨经春怯倚楼，空江如梦送归舟。
绵绵远道花笺寄，黯黯临歧絮语柔。
闺福难消悲薄命，慈恩未报动深愁。
望云更识郎心苦，月子弯弯系两头。

并请允庄将此诗呈给母亲。
允庄又有诗寄给我：

问君双桨载桃根，残月空江第几村？

淡墨似烟书有泪，远天如水梦无痕。

晚风横笛青溪阁，新柳藏鸦白下门。

更忆婵媛支病骨，背灯拥髻话黄昏。

我也忍痛和诗一首：

情根种处即愁根，纱浣青溪别有村。

伴影带馀前剩眼，捧心镜涩旧啼痕。

江城杨柳宵闻笛，水阁枇杷昼掩门。

回首重闻心百结，合欢卿独奉晨昏。

紫姬去世后，这些诗句流传出去，允庄与紫姬的闺中密友曹姬佩英读后，叹道："这二百二十四个字，字字如泪珠凝结而成。才知道古人还有闲情写什么《别赋》《恨赋》，只因未到生死哀欢的关头，没有切肤彻骨的伤心啊。"

十六

过去数年，每当父母身体不适，我就到华佗祠祈祷，往往灵验。想来是自己身体发肤受之父母，故可代替父母承受病痛不祥。

而紫姬此番病倒，都说是旧病未愈，又积劳成疾，却遇到庸医误投猛药。我有心也去华佗祠为她祷告求药，却担心若是不得回应，便是天命已定，人力再无可为。总抱着最后的一线希望，迟疑着不敢轻易前往。

到六月十三日深夜，紫姬忽然握紧我的手，说："公子纯孝，因幼弟早逝，为了宽慰父母，唯愿承欢膝下，从不肯轻易远行。如今为了我才滞留金陵一个多月。听说孙公将公子往年功绩上报朝廷，昨日已有消息，召公子入京述职。这是正事，不可耽误，还请公子速速回家安置父母妥当，再作进京的打算。我的病是好不了了，纵公子守在身边，也无能为力，反而让公子伤心难过，我实在于心不忍。公子且去，毋以我为念，来日将我的灵枢带回家中，我就心满意足了。"

我正接到父亲书信，说家中一切安好，便安慰紫姬：“父母家人，都对你甚是牵挂，父亲才来信叮嘱我好生照料，等你病好了一同回家。”说着，我下定决心：“明日我就去小桃源华佗祠祷告，一定能求来药方，治好你的病，也安慰父母家人的心。”

紫姬落下泪来：“连累公子奔波，又为我求仙拜佛，真不知何以为报。”

第二天我便去了华佗祠，却没有求来药方。

又过了一天，我写下祷文，将紫姬生平细细道来，并愿意以自身的福禄，换取她的寿命，且默默祷告：“四年来侍奉父母，全赖紫姬，华佗先生有灵，千万不要使我失去她啊。”

或许此念感动神明，虽然仍没有药方赐下，却抽得五色豆类，庙中人嘱咐每日清晨，诚心祈祷，而后服用。

如此数日，却不料到十八日那天晚上，又收到父亲急信，说母亲忽然病倒。

紫姬立刻让人扶自己坐起来，喘息许久，才对我说：“公子您看，我已经可以坐起来了，您快快回家侍奉母亲，千万不要再以我为念。”

说着，她泪盈于睫，侧身将脸贴在枕席上，再不看我，也再不发一言，仿佛知道多说一个字就会让我心碎。而我方寸已乱，泪眼模糊，只知连连点头，什么都说不出来。当我策马出城时，天还未亮，谁知这一去，就是永别。

十七

我回到家中是二十二日，母亲的病已经好转，只是还有些头晕目眩。

我忙到西米巷华佗祠祷告求药，得到十朵黄菊花，母亲煎服后，好了许多。

知道紫姬病情危重，母亲连忙让我赶回南京。我却不放心母亲病情，未能及时成行。

到二十六日，甥女桂生忽然半夜惊啼："娘回来了！"因为这孩子一直由紫姬抚养照顾，便把紫姬叫作"娘"。大人们忙问怎回事儿，桂生边哭边说："娘上香畹楼去了。"

母亲心知不好："这是离魂之兆啊。"说着落泪不止。

我再三劝解，母亲只是说："紫姬这孩子，从来不爱锦衣华服，总是又素净又雅致，爱的是湖州丝绵，纯白如雪。跟着我学做寒衣，每回又洗又缝的忙到半夜，不露一点倦容，我瞅着就觉得怪心疼的。"

心念至此，母亲便让家中女眷一起动手，为紫姬缝制一身湖绵衣裳鞋袜。对我说："这身衣裳你带去，就当是给紫姬冲喜。若真的能把她留下来，多陪我几年，就是老天可怜我了。"

到七月初一，收到紫姬二十八日寄出的信，信中殷切询问母亲的身体，并一一问候家中长幼。全家传看，都松了口气，只道她真的开始好转，便等到初三，湖绵衣裳做好了，母亲才催我速速动身。

这时已是盛夏，一路酷热，风雨交加，到南京时已是初六傍晚。我赶到紫姬家中，只见满目素白，举室彷徨，看到我时，父母姊妹、兄嫂子侄纷纷垂泪。年迈的外祖父母是从太原赶来的，哭着对我说："我儿没能等到公子，初四晚上就走了。"

原来我晚到了整整两天，再见紫姬时，已隔着棺木和生死。

琴还在案上，环佩挂在床头，落花满地，素帐低

　　　　　　　　　　　今 译

垂，天色渐渐暗了下去，哪里传来隐约的水滴声，若紫姬魂魄有知，不知此时是否还徘徊在我身旁，是否因为我肝肠寸断而哀伤不已。——这样的痛楚，我也不知人世间有什么能够化解。

十八

昏乱中我甚至忘了派人回家送信，还是紫姬的家人早早去信告知噩耗。到十二日，我接到父亲的亲笔信，信中说："七月七日，家中得知紫姬忽然去世，从你祖母往下，无不悲伤。屈指算来，紫姬去世之时，我儿还在途中，想来未能见到最后一面，亦未能赶上入殓，该是何等伤心啊。

"我儿带去的衣履，想来也来不及陪她入棺了。你母亲叮嘱，这是紫姬最爱的衣物，就烧给她吧。

"紫姬身后诸事料理妥当后，就把她的棺木带回来，暂时放在虎山后院，和你去世的祖父做个伴。今年冬天我打算回乡，把祖坟好好修一修，到时候把你祖父和紫姬一起带回去，再好好安葬。

"紫姬这孩子嫁到我们家四年，尽心尽力，贤惠孝顺，人人都夸赞喜爱。去年冬天，你媳妇儿生了那场大病，全靠她不辞劳苦，悉心照顾。

"最难得的是她性子淡泊平和，你祖父最赏识她这一点。如今是她先到你祖父那边尽孝去了，想来这孩子心里也是情愿的。

"你母亲这两天赶着给她写了一篇小传，家中其他人也都有悼念文字。知道我儿此时心情，但还是要爱惜身体。人生当此境况，更宜努力平复心情，何妨将哀悼思念诉诸笔墨，更让紫姬的生平事迹得以流传后世，才是对逝者最好的回报啊。"

读完这封信，我泪如雨下，以为人间至恸无以化解，却还有父母之爱抚慰灵魂。就连紫姬的家人，看过此信，也无不感动落泪。

我便将父亲的来信恭恭敬敬地誊抄一遍，与母亲为她缝制的湖绵衣履一起在灵前焚化。若紫姬魂魄有知，想来也能含笑九泉了。

今译

十九

　　紫姬长发垂地，光泽柔顺，喜欢留长长的指甲，若须动手劳作，必先戴上金指套。弥留之际，家人为她梳理头发，她让剪下一缕，又让嫂子把她的指甲都剪下，和头发一起，收在她最喜欢的一只翡翠香盒里。

　　嫂子知道她的心思，问："这是留给公子的吗？"

　　紫姬含泪点头。

　　又问她还有什么遗言，她说："母亲那么疼爱我，她老人家的病情略有好转，必然让公子速速赶来，只可惜我和公子缘分已尽，等不到最后一面了。"

　　母亲一向怕雷，每年夏天，但凡有风雨，我和允庄、紫姬必定匆忙起身，穿好衣裳，赶到母亲房中，围坐她身旁，直至风雨止息，有时竟守到天亮。

　　七月三日傍晚，紫姬奄奄一息之际，隐约听到雷声，还说："我离得远了，不能和公子、夫人一起，守在太夫人身边。"说完这话不到一天，她就去世了，这是怎样的眷恋牵挂，又怎能不让我痛彻心扉。

二十

允庄随后也寄来书信，说按照母亲的意思，让桂生为紫姬守孝三年。又说紫姬生前最疼爱吾儿孝先，就和亲生儿子一样，她便也让孝先戴了孝。给来吊唁的亲友回礼的素柬上，她还想让孝先署名"嫡子孝先叩首"，并问过父母，都说这样做是极好的。

随信寄来她撰写的挽联：

四年来孝恭无忝，偏教玉碎香销，愚夫妇触境心酸，遗憾千秋，岂独佳人难再得

两月中消息虽通，只恨山遥水远，慈舅姑倚闾望切，芳魂一缕，愿偕公子蚤同归

这副挽联实在是情深意切，妥帖真挚，看到的人无不动容。

吾友陶生焜午，听说允庄让孝先在素柬上署名"嫡子"之事，更是感叹此举温情厚道，并说："紫夫人可以九泉无憾了。"

二十一

允庄与紫姬的好友吴姬规臣，工诗善画，文采斐然，便是靠着润笔所得，赡养母亲，抚育年幼的弟弟。此外她还擅剑术，只是不向人夸耀而已。世人都说她是贤惠孝顺的奇女子，却不知她更是一位侠女。

紫姬去世时，吴姬也在病中，忙寄来挽联，用了唐代诗人李商隐的两句诗——

萼绿华来无定所

杜兰香去未移时

并附有后记，大意是说：吾妹紫湘，兰心蕙质，出尘绝伦，每回相见，都不忍分离；曾在她那里看到前朝马姬月娇的兰花图，我便仿其画意，也画了十二幅兰花图，花如其人；如今忽闻离世，不由得泪湿衣襟。允庄夫人为她撰写的挽联，写尽了她的温柔贤孝，所以我只好借用前人诗句，聊表哀思，并安慰生者；紫湘素有慧根，想来已升天界，而从此人间又多了一段名士与佳人的佳话。

又另附一言，说自己病中无力，不能纵笔书写，请我拜托哪位擅长书法的朋友代写一遍。

我便请吾友周生开麟，将之写在吴绫上，又有昭云夫人送来篆书写的《红楼梦》中林黛玉《葬花吟》，一同悬挂在灵柩旁，观者无不慨叹可称"双绝"。

亲友得知消息，纷纷寄来悼念的诗文，字字句句，抚慰我心。

其中张兄之杲的挽联是：

倚玉搴芳，记伊人琼树雁行，花叶江东推独秀

吒鸾靡凤，送吾弟金闺鹣荐，风沙冀北叹孤征

欧阳炘老先生的挽联是：

迎来鸾扇女，美前程月满花芳，奈银屏月缺花残，憔悴煞镜里情郎，画中爱宠

归去鹊桥仙，生别离山迢水递，赖锦字山温水软，圆成了人间艳福，天上奇缘

张兄娶紫姬之姊，而欧阳老先生更是我们的媒人，

所以他二人的挽联格外贴切，也格外动人。

而当侯云松先生的挽联寄到时，又别是一番感怀，触动心弦：

公子固多情，也为伊四载贤劳，不辞拜佛求仙，欲把精虔回造化

佳人真有福，堪羡尔一堂宠爱，都作香怜玉惜，足将荣遇补年华

回想起最初侯先生为我和紫姬传递消息，真是前尘如梦，教人感慨万千。

还有一位朋友的挽联别出心裁，用的是我八年前一首诗中的句子：

昙花妙谛参居士
香草离骚吊美人

写下这两句诗的时候，我还未识紫姬，而今却挂在她的灵前，却又如此契合，仿佛冥冥之中早有注定，使人追忆潸然。

二十二

　　紫姬的嫂子缪玉真，见我如此伤心，便说："紫湘临去之前，曾对我说，她得佛力庇佑，全无苦楚，请公子想着家中父母妻儿，千万不要伤心过度。"

　　若真如紫姬所言，她是安然离世，此刻已解脱尘缘，我便唯愿她再不要因我的哀伤思念而牵挂尘世，唯愿她于极乐世界逍遥自在。

　　虽然家中父母长辈身边再无人如她一般承欢膝下，所幸我儿已渐渐长大，来日可期，紫姬紫姬，你可以放心了。

　　而从此以后，世间爱恋情愫，再与我无关，更愿生生世世，不再生为有情之物，以免再承受如此的分离与哀恸。

二十三

　　紫姬去世后，我仍住在她的屋子里，那只装着她头发与指甲的翡翠香盒就放在枕旁。心中存着一点隐约的念想，倘若精诚所至，能在梦中再见她一面。然而长夜漫漫，孤枕难眠，只道世间所谓招魂之术，返生之香，尽是虚言。

　　唯记得七月四日，我还在途中，夜泊兰陵，曾梦到紫姬，笑靥如花，软语温存，一如平时。醒来后我写下一首词：

　　喜见桃花面。似年时，招凉纳月，竹西池馆。

　　豆蔻香生新浴后，茉莉钗梁暗颤，恰小试玉罗衫软。

　　照水芙蓉迷艳影，问鸳鸯甚日双飞惯？

　　低首弄，白团扇。

　　星河欲曙天鸡唤。乍惊心，兰舟听雨，翠衾孤展。

　　重剪银镫温昔梦，梦比蓬山更远，怎醒后莲筹

今常州武进

偏缓。

谩讶青衫容易湿，料红绡早印啼痕满。

荒驿外，五更转。

当时吾友王生嘉禄受我父母所托，与我同行。读后感叹："无论是否知道紫姬与你的故事，读到这样的句子，都会为之感动，但是未免太过凄凉了。"

我也怅然若失。

当时我们都不知道，那一夜正是紫姬离世之时。

果真是她魂魄有灵，来见我最后一面吗？梦里笑颜，帐中环佩，是真是幻？来自哪里又去往何方？极目远望，肝肠寸断，满心酸楚，眼泪却似已干。虽然我唯愿紫姬有灵，从此解脱尘缘，逍遥极乐，但她若真一灵未泯，又该怎样哀伤悲痛？

二十四

　　紫姬家中有一只小猫，是紫姬所养，名叫"瑶台儿"，雪白可爱。还记得我第一次来访，它便绕着我脚边，依依不肯离开。紫姬还曾借酒笑说："解事狸奴都爱你，眠香要在郎怀里。"又被她的嫂子闰湘写进一首小词，并时时以此取笑我俩。

　　紫姬去世后，瑶台儿绕棺悲鸣，每夜躺在棺旁不肯离去，更教人情何以堪。

二十五

　　又想起祖父还在世的时候，每逢夏季良宵，叔父与宾客在玉树堂饮宴，花间举杯邀月，歌吹助兴。祖父则靠着窗子垂足而坐，赏景听曲，很是自得其乐。

那时紫姬小院的芙蓉花开得正好，风吹过，如芬芳的潮汐起伏，远远地隔着一带白墙，笛声隐约传来，听不分明，紫姬却总能准确地说出是什么曲子，哪里有误。我兴起时曾向精通音律的祖父验证，果然不差分毫，祖父为之心情大悦。

但就是这样冰雪聪明又精通音律的紫姬，却因为母亲的缘故，错过了一次次精彩的表演。

扬州一带织造局下属的乐部，甄选出的名家往往上达天听，每年为此耗资何止亿万，江南一带但凡有点名气的艺人皆云集于此。每逢佳节盛会，曲目推陈出新，表演精益求精，那种繁华热闹，真可谓"仙乐风飘处处闻"。

我虽忙于公务，深夜回家，也免不了问一句今日的演出是否精妙，紫姬却总是笑而不答。后来我才知道，因为母亲一向喜欢清静，最怕那种喧嚣热闹，越是演出异彩纷呈的佳节，越喜欢围炉独坐，小酌一杯。紫姬不愿母亲太过孤寂，便留下来默默陪在一旁。纵然母亲让她去与家中女眷女客同乐，她却恋恋不肯离开。所以尽管彻夜笙歌，她却未曾欣赏片刻。

可叹从今往后，世间何等美妙的乐声，在我耳中也只是哀音与悲歌。

二十六

　　紫姬姿容清雅，如芙蓉出水，新柳扶风，别有一番天然出尘的风致。母亲常常感叹："这样的好模样，又正当好年华，偏偏喜欢素淡的打扮，虽然秀雅非常，未免辜负青春。"

　　所以那年初夏，祖母带着家中女眷出游，赏红桥芍药。姐妹们便忽然起心要好好打扮一下紫姬，纷纷打开梳妆匣子，取出压箱底的好物，将紫姬装扮得明艳照人，绚丽若神仙。

　　恰好遇到湖广总督李公鸿宾的家眷，无不惊艳，都说莫不是到了王母瑶池，或是南海观音的仙山，不然哪里得见这仿佛画中一样光彩夺目的佳人。

　　回想起来，与紫姬相处四年，只那一次见过她炫妆华服的明艳姿容，衣上粉痕犹在，余香宛然，而人已渺渺，唯有蒙尘的钗环无人收拾，徒增凄怆。

二十七

又想起紫姬最爱月色，更爱雨声。曾对我说："前代佳人董小宛之爱月，世人皆知。董姬曾说，月色之下，天地皆静。却不知雨声中的天地更静，熏一炉香，独坐在帘后，能听屋檐处的花在雨中落下的声音，真是让人万念俱寂。"

我便写了一首《香畹楼坐雨》诗相赠：

剪烛听春雨，开帘照海棠。
玉壶销浅酌，翠被罩馀香。
恻恻新寒重，沉沉夜漏长。
宛疑临水阁，无那近斜廊。

今年春天，又写过《香畹楼坐月》词，调寄《清平乐》：

蟾漪浣玉，人影天涯独。
镜槛妆成调钿粟，应减旧时蛾绿。

归来梦断关山，卷帘暝怯春寒。

谁信黛鬟双照，一般孤负阑干。

还有一首《香畹楼听雨》词，调寄《虞美人》：

梦回鸳瓦疏疏响，镫影明虚幌。

争奈此夜客天涯，细数番风况近玉梅花。

比肩笑向巡檐索，怕见檐花落。

伤春人又病恹恹，拼与一春风雨不开帘。

那时种种清福艳福，诉诸笔端，为何却总有几分黯然萧瑟之意？仿佛预知终有一日云雨散尽，天地寂寥。而从此以后，世间的雨声与月光，于我也无非是断肠之声，伤心之色了。

二十八

想我虽不才，受孙公、钱公等人的知遇之恩，又得河道总督黎公世序赏识，委以重任，不敢不尽心竭力。然而每次因公务离家奔波，出家门的那一步，仿佛怎么也迈不开似的，依依不舍。这份牵挂眷恋，总有一缕萦绕在紫姬的香畹楼间。宦途寂寥，便将这份依恋和思念诉诸笔端。总记得壬午初秋，我曾寄给紫姬一首《浪淘沙》：

新涨石城东，雪聚花浓。

回潮瓜步动寒钟。

应向秋江弹别泪，长遍芙蓉。

金翠好房栊，燕去梁空。

开窗偏又近梧桐。

叶叶声声听不得，错怪西风。

又曾过金陵紫姬家中，而紫姬却远在扬州我家，便

(1822 年)

057 今译

又寄给她一首《台城路》：

深闺未识家山路，凄凄夜残风晓。
雾湿湘鬟，寒禁翠袖，曾照银屏双笑。
红楼树杪。怕隐隐迢迢，梦云难到。
万一归来，屋梁霜霁画帘悄。

凭阑愁见雁字，问书空寄恨，能寄多少？
水驿镫昏，江城笛脆，丝鬓催人先老。
团圞最好。况冷到波心，竹西秋早。
待写修蛾，二分休瘦了。

有朋友读到，不觉黯然，犹豫片刻才说："你与紫姬，也算是花好月圆的佳偶了，偶然小别，便如此哀戚，所写的词句这样悱恻缠绵，销魂蚀骨，未免凄凉太过了。"

落笔时我未觉有何不妥，听此言才心下悚然。谁知数年之间，哀伤之词竟已成真，往事如烟，繁花落尽，月映空窗，锦瑟凝尘。李商隐曾有诗句："此情可待成追忆，只是当时已惘然。"时至今日，我才真的懂了。而从今往后，墨痕字迹，也只是让我更觉凄凉孤寂。

二十九

还记得去年秋天，我接到任命，需往南京办些手续，父母让紫姬陪我同去。紫姬甚是欢喜："我一直想着能有机会回家看望父母，并为生母扫墓。这回托公子的福，得偿夙愿，可以说是死而无憾了。"

我惊讶她何以出此不祥之语，忙用别的话岔了过去，谁知不久祖父病倒，我便不忍离开。身边幕僚都说："公子受孙公、黎公大恩，总该先往南京拜谢一番才是。"

紫姬却说："孙公、黎公都有贤达之名，赏识公子的才干，委以重任，这是他们报效国家的一片公义之心，又不是指着公子拜在门下，念其私恩。而且公子这是为了侍奉长辈至亲，而耽误自己的仕途，是至孝之举，有什么可愧疚的呢？"

祖父却以民生国事为念，催促我速速启程，不要以他的身体为念。而孙公得知祖父病重，果然又允许我先告假回家侍病。

之后的半个月里，我和紫姬跟随长辈一起，朝夕陪在祖父病榻前。紫姬本就茹素，越发连盐酱都戒掉，持起"淡斋"，只求祖父能够痊愈。

然而祖父还是一病不起，幸而我能为他老人家送终。

祖父去世后，父亲丁忧，我也暂时停职，举家从扬州暂时搬回苏州旧宅。紫姬与我同回南京的愿望就此落空。她既为祖父的去世而悲痛，又因自伤身世、未能到生母墓前尽孝而伤怀，虽然日常人前还是强作欢颜、笑语如故，到了夜深人静，往往落泪不止。

到了十月，我虽然再次受命前往南京，母亲和允庄又先后病倒，全仗紫姬照料。半年之中，含辛茹苦，煎心焦首，尽是伤心劳累之事。纵然是迟钝庸碌之人，只怕也难以承受，何况是紫姬这样娇柔袅娜、兰心蕙质的女子。

回想起来，我真是伤恸愧疚，无以为报啊。

三十

七月二十日，紫姬去世后十六天，我接到母亲的来信。

信中说："紫姬这孩子去世，真的是让人心痛得不知如何是好。我们老人家都觉得承受不住，我儿只怕更是煎熬吧。但是我儿素来孝顺，每当悲从中来之时，还望能多想想你祖母，还有你父亲和我。

"随信寄去我为紫姬作的一篇小传，都是直言事实，借以抒发伤痛，无心雕琢字句，更没有夸张伪饰之处。字字句句，紫姬这孩子都当之无愧啊。"

我展开那篇小传，洋洋洒洒两千多字，读来几度泪眼迷离，竟不能一气读完。吾友汪兄邺楼正陪在我身边，看完信和小传，叹息道："紫夫人既贤且孝，宜室宜家。旁人若不知情，看陈兄为一亡妾哀恸至此，或以为太过动情，于礼数不合。然而看了令堂的这篇小传，才知道陈兄之哀恸，实为天经地义，乃是为了回报紫夫人的付出和美德啊。"

同时陪着我的，还有蒋兄志凝，他说："紫夫人固然是贤惠孝顺，令堂也实在慈爱温厚，这等人间至情，凝结成这篇文字，实在是古往今来少有的动人篇章。紫夫人有令堂作传，可以名垂后世了。"

　　紫姬啊紫姬，纵然我写下千言万语追忆你的生平，总不如母亲这篇小传，使你不朽。

　　仿佛自灰烬中勃发的芬芳，从断弦上弹出的绝响，紫姬！紫姬！我写下关于你的点点滴滴，希冀这文字传诸后世，以慰藉你曾给予我的爱和温柔，而从今往后，我可以封笔了。

香畹楼忆语　原文 & 注解

说明：加下划线的人物，生平介绍详见《家人小传》。

丁丑（1817年，即嘉庆二十二年，这一年陈裴之二十三岁）冬朔（冬季的第一个朔日，即十月初一），家大人（陈文述，陈裴之的父亲）自崇疆（崇明。这一年陈文述代理崇明县令，因为崇明岛在长江入海口，为海疆边境，因此称"崇疆"）受代（官员任满由新官代替，谓"受代"，是"去官"的婉转说法。这个词还有一个意思是"从师求学"，但考察陈文述的年龄经历，应该不是这个意思）归，筹海①积劳，抱恙甚剧。太夫人（龚玉晨，陈裴之的母亲）扶病侍疾，自冬徂^{cú}（到、往）春，衣不解带。参术（人参和白术，代指中药）无灵，群医束手。

余时新病甫起，乃泣祷于白莲桥（在今苏州白莲泾）华元化（即华佗，字元化）先生祠（苏州华佗祠挺多的，这一座在莲溪同仁堂内，据说最为灵验），愿减己算（寿命），以益亲年。闺人（古时称妻子为"闺人"）允庄（汪端，字允庄，陈裴之的妻子）

复于慈云大士（观音菩萨，因往往供奉于慈云阁内，故称慈云大士）前誓愿长斋绣佛，并偕余日持《观音经》若干卷，奉行众善。乃荷（蒙、受）元化先生赐方四十九剂（华佗祠内的签条附有药方，据说祷告抽签后按方服药，有奇效），服之，病始次第（逐渐）愈。

自此，夫妇异处者四年。（汪端因持斋，为示虔诚，不与丈夫同房。）

允庄方选明诗（汪端曾编撰《明三十家诗选》），复得不寐之疾（失眠症），左镫（同"灯"，指油灯）右茗，夜手一编，每至晨鸡喔喔，犹未就枕。自虑心耗体羸，不克（不能够）仰事俯育（上侍奉长辈，下抚养儿孙），常致书其姨母高阳太君（梁德绳，嫁名士许宗彦）、嫂氏中山夫人（应为汤绣蛹，汪端长兄汪初之妻），为余访置簉室（侧室、侍妾）。余坚却之。

嗣知吴中（苏杭一带古称"吴中"）湘雨、仺云、兰语楼诸姬，皆有愿为夫子妾之意②，历请堂上为余纳之。余固以为不可。

盖大人乞禄（出仕挣俸禄）养亲，怀冰（形容谨慎小心）服政，十年之久，未得真除（即转正，由代理转为正式任命。因陈裴之的父亲陈文述始终未能考中进士而以恩科举人受官，多为副职或代理），相依为命者千馀指（一人十指，即是指至亲骨肉近百人靠其养活），待以举火者（需要周济的人）数十家。重亲（陈时，陈裴之的祖父）在堂，年逾七秩（十年为一秩），恒有世途荆棘、宦海波澜之感。

余四蹋（同"踏"）槐花③，辄成康了④，方思投笔（不是从戎，是指游幕。和他爹一样不再执着于功名，而是去做幕僚或者文书之类的"基层工作"），以替仔肩⑤（承担重任）。满堂兮美人，独与余兮目成⑥。射工伺余⑦，固不欲冒此不韪，且绿珠碧玉⑧，徒侈（夸大、侈谈）艳情，温清定省（所谓"冬温而夏清，昏定而晨省"，指子女对父母早晚请安，嘘寒问暖），孰能奉吾老母者？采兰树萱⑨，此事固未容草草也。

金陵（南京）有停云主人（吴玉徽，金陵名妓，其居所"停云水榭"为陈文述所题）者，红妆之季布⑩也。珍其弱息（原意是幼小娇弱的儿女，后特指女儿），不异掌珠（掌上明珠，形容极钟爱之人）；谬采（误信）虚声（虚名。此处为陈裴之自谦浪得虚名），愿言倚玉⑪。申丈白甫（应指侯云松，江南名士，擅诗画）暨晴梁太史，为宣（传达）芳愫（芳心情愫，即佳人的爱慕之情）。

余复赋诗谢之曰：

肯向天涯托掌珠，含光佳侠意何如？
桃花扇底人如玉，珍重侯生一纸书。

新柳雏莺最可怜，怕成薄幸杜樊川。

重来纵践看花约，抛掷春光已十年。

生平知己属明妆，争讶吴儿木石肠。

孤负画兰年十五，又传消息到王昌。

催我空江打桨迎，误人从古是浮名。

当筵一唱琴河曲，不解梅村负玉京。

白门杨柳暗栖鸦，别梦何尝到谢家？

惆怅郁金堂外路，西风吹冷白莲花。

此诗传，为紫姬（王子兰，即本文的女主，陈裴之的爱妾，字
紫湘，所以称"紫姬"）见之，激扬赞叹。絮果兰因⑫，于兹始
苗矣。

孟陬（正月。此时应该是1821年正月，陈裴之二十七岁）下浣
（也作"下澣"，也就是我们现在说的"下旬"。阴历每月前十天为
上浣，中间十天为中浣，最后十天为下浣），将游淮左（苏北、皖
北一带）。道出秣陵（今南京江宁区），初见紫姬于纫秋水榭
（当时秦淮的青楼多以"水榭""水阁"为名，此应为紫姬在南京的
居所）。

时停云娇女幼香（即前文所说原本有意于陈裴之的"停云主人"之"弱息"）将有所适（旧称女子出嫁为"适"，此处应该也是被纳为妾室），仲澜骑尉（应指王嘉福，号二波，为江西文英营都司，仪征守备，故称"骑尉"），招与偕来。余与紫姬相见之次，画烛流辉，玉梅交映，四目融视，不发一言。

仲澜回顾幼香，笑述《董青莲传》（即前注所说《冒姬董小宛传》，董小宛名白，字青莲，故称《董青莲传》）中语曰："主宾双玉有光，所谓月流堂户者，非耶？"

余量不胜蕉（蕉叶杯是一种浅酒杯，"量不胜蕉"言酒量小），姬偕坐碧梧庭院（陈裴之好友汪世泰，字紫珊，号碧梧主人，著有《碧梧山馆词》，此"碧梧庭院"或为其所有。因汪与众多秦淮名妓交好，此处也可能是汪提供给紫姬家人所居，并时常用以待客，前文所言"纫秋水榭"也许亦在其中），饮以佳茗，絮絮述余家事甚悉。

余讶诘之，低鬟（垂首、低头）微笑曰："识之久矣！前读君寄幼香之作，缠绵悱恻，如不胜情。今将远嫁，此君误之也，宜赋诗以志君过。"

时幼香甫歌《牡丹亭[13]·寻梦》一出，姬独含毫（毛笔）蘸墨，拂楮（chǔ）（纸。古代造纸多用楮树皮，故以"楮"代指纸）授余。余亦怦然心动，振管（毛笔）疾书曰：

　　　　　　　　　　　原文 & 注解

休问冰华旧镜台，碧云日暮一徘徊。

锦书白下传芳讯，翠袖朱家解爱才。

春水已催人早别，桃花空怨我迟来。

闲翻张泌妆楼记，孤负莺期第几回？

却月横云画未成，低鬟拢鬓见分明。

枇杷门巷飘镫箔，杨柳帘栊送笛声。

照水花繁禁著眼，临风絮弱怕关情。

如何墨会灵箫侣，却遣匆匆唱渭城。

如花美眷水流年，拍到红牙共黯然。

不耐闲情酬浅盏，重烦纤手语香弦。

堕怀明月三生梦，入画春风半面缘。

消受珠栊还小坐，秋潮漫寄鲤鱼笺。

一剪孤芳艳楚云，初从香国拜湘君。

侍儿解捧红丝研（同"砚"），年少休歌白练裙。

桃叶微波王大令，杏花疏雨杜司勋。

关心明镜团圞^{luán}（团聚，团圆）约，不信扬州月二分。

姬读至末章，慨然曰："夙闻君家重亲（祖父母与父母并称。陈装之的祖父陈时于 1823 年去世，祖母查氏于 1832 年去世，则此时祖父母、父母都在，故称重亲）之慈，夫人之贤，君辄有否无可（对佳人的美意可有可无，采取回避态度），人或疑为薄幸，此皆非能知君者。堂上闺中终年抱恙，窥君郑重之意，欲得人以奉慈闱（亦作"慈帏"或"慈帷"，代指母亲）耳。"因即席饯余诗曰：

烟柳空江拂画桡，石城潮接广陵潮。

几生修到人如玉，同听箫声廿四桥。

月落乌啼，霜浓马滑，摇鞭径去，黯然魂销。湖阴（水南为阴）独游，新绿如梦，啜茗看花，殊有春风人面（用唐代崔护"人面不知何处去，桃花依旧笑春风"诗意）之感。

忽从申丈（即前面被称为"申丈白甫"的侯云松）处得姬芳讯，倚栏循诵，纪之以诗曰：

二月春情水不如，玉人消息托双鱼。

眼中翠嶂三生石，袖底金陵一纸书。

寄向江船回棹后，写从妆阁上镫初。

樱桃花淡宵寒浅，莫遣银屏鬓影疏。

①筹海

此处用成语"海屋筹添"（一作"海屋添筹"），原意是指长寿（多用于祝祷庆贺之语）。这里的意思是说父亲已经年迈，宦海沉浮，常年积劳。

典故出自"苏东坡的笔记簿"——《东坡志林》，故事是这样的，说有三个老人相遇，互问年纪，第一个说："我也不记得自己多大岁数了，只记得小时候和盘古有交情。"

第二个说："每目睹一次沧海变成桑田，我就用一根筹码来记录，如今筹码已经装满了十来间屋子了。"

第三个说："我曾经吃了一个蟠桃，把桃核扔在昆仑山脚下，如今它长成的桃树，已经和昆仑山一般高了。"

虽然苏大胡子对这三人的吹牛一概表示不屑："以余观之，三子者与蜉蝣朝菌何以异哉？"但后世的读者还是有自己的判断，觉得第二个老者吹牛比较有水平和格调，由此产生了"海屋筹添"这个成语，并成为祝寿的套话。

②皆有愿为夫子妾之意

语出明代张明弼《冒姬董小宛传》，说当时名士冒辟疆 "其人姿仪天出，神清彻肤。余常以诗赠之，目为'东海秀影'。所居凡女子见之，有不乐为贵人妇，愿为夫子妾者无数"。意思是说冒公子很帅，很受姑娘们喜爱，宁可给他做妾，也胜过当富贵人家的正室。

小陈用在这里，是不那么直接地说自己也很受女孩子们欢迎啊，也是很帅的呀。——好吧，其实说得挺直接的。

③踏（蹋）槐花

古代城市地理专著《三辅黄图》记载："元始（西汉平帝年号）四年（巧得很，也是公元4年），起明堂辟雍，为博士（当时的"博士"是一种学术官衔）舍，三十区为会市（可进行交易集会的场所），但列槐树数百行，诸生朔望会此市，各持其郡所出物（老家土特产）及经书，相与买卖，雍雍揖让，论议树下。"

所以后世就把文人会聚之地称为"槐市"，到唐代就开始以"槐秋"指代科举之年，举子应试称为"踏槐"或"踏槐花"。

这里的"四蹋槐花"指小陈参加了四次科考。

④康了

"康了"指落第，出自一个唐朝的笑话，记载在明代笔记小说集子《说郛》里。

是说一个叫柳冕的秀才（柳冕，字敬书，唐代文人，是柳宗元的族兄），非常讲究言辞忌讳，参加科考的时候，特别忌讳人家说"落"这个音，碰到需要说"乐"的场合，就用"康"来代替，比如不说"安乐"而说"安康"。外人当然不惯着他这毛病，但他把自家的仆人都训练得十分小心谨慎。

某次他又参加科举，放榜时让一个仆人去看。仆人回来时，柳急着问："我中了吗？"

仆人条件反射地说："秀才康了也。"（即"秀才落了也。"）

后世人就用"康了"来指代落第。（于是屡试不中的柳秀才也就以一种奇特的方式"名垂青史"了。）

⑤仔肩

语出《诗经·周颂·敬之》："佛时仔肩，示我显德行。"意思是凡事身体力行，方可显出自己的品德和能力。"仔肩"就是"承担重担，负责任"的意思。

因为此处有父子相替之意，所以"仔肩"亦有双关之意，特别贴切。

⑥满堂兮美人，独与余兮目成

出自屈原《九歌·少司命》，大致就是"人群之中看了你一眼"的情形。这里应该是小陈回忆自己某一次被佳人垂青的经历，或者代表了自己屡次被佳人垂青的经历。

虽然在人群之中与某个姑娘看对了眼，但因为这样那样的原因，只能"辜负美人恩"。

⑦射工伺余

"射工"即传说中含沙射影的一种毒虫。这里小陈是说自己被小人盯上了。

清初严厉禁娼，对官员狎妓的处罚很是严重。虽然到小陈生活的时代，这种禁令已经是名存实亡，但他作为职场新人，貌似得罪了什么人，被人盯着找茬。如果纳妓为妾，追究起来，也还是蛮严重的。

这也是他和那"独与余兮目成"的美人未成好事的原因。

⑧绿珠碧玉

指为人做妾的女子。

绿珠是西晋首富石崇的爱妾，容貌绝世，传说大臣孙秀向石崇索要绿珠不得，便撺掇当权的赵王司马伦把石崇杀了，绿珠也跳楼自尽。后世便往往以绿珠指代身份低微却美貌得宠的女子，亦有"红颜祸水"之意。

碧玉多用来和"绿珠"对仗，但故事没有绿珠那么丰富曲折，出自《乐府诗集》中《碧玉歌》："碧玉小家女，不敢攀贵德。"衍生出"小家碧玉"一词，指代小户人家中的美丽女儿，因身份较低，若嫁入权贵家中，往往为侍妾。

⑨采兰树萱

指奉养父母，承欢膝下。

"采兰"出自西晋诗人束皙的诗句"循彼南陔，言采其兰。眷恋庭闱，心不遑安"，后以"采兰"比喻眷恋父母，尽心尽孝。

"萱"即忘忧草，往往种在母亲的门前，故以"萱堂"指代母亲所居，或者直接指代母亲。"树萱"即种植萱草，意思是侍奉母亲，使之忘忧。

这里小陈是说自己若要纳妾，选择的姑娘要能代替自己和妻子侍奉父母，尤其是母亲。

⑩季布

汉初著名豪杰，为人重信守诺，时人有言"得黄金百斤，不如得季布一诺"，成语"一诺千金"即由此而来。

⑪倚玉

"蒹葭倚玉树"，芦苇和玉树琼枝并列，形容双方品貌不相当，后用作"高攀"的谦辞。

出自《世说新语》里的一个典故：魏明帝（曹叡^{rui}）时，夏侯玄才貌出众（不要因为人家姓夏侯就觉得未必是美人），某次宴会或是聚会上，不知是谁安排他和毛皇后的弟弟毛曾坐在一起，毛小弟被衬托得特别猥琐，人们都说是"蒹葭倚玉树"。

夏侯大公子很是不爽，毛小弟也很是不爽，同样不爽的还有明帝，为此还把夏侯玄贬了一贬。——可见座次安排有多么重要。

⑫絮果兰因

也作"兰因絮果"，一般比喻恋人初时美好却以悲剧或离散结局。

"兰因"出自《周易》"同心之言，其臭（气味）^{xiù}如兰"，比喻美好的前缘和相遇。

"絮果"一说是指结局柳絮飘零，使人感伤；一说用东晋才女谢道韫的故事。

谢最有名的典故是曾将雪花比作柳絮，被称为"咏絮才"。但她嫁给王凝之后，两人的生活却不甚幸福，所以用"絮果"来指代爱情或婚姻的不幸结局。

⑬《牡丹亭》

明代剧作家汤显祖的代表作，也是中国古代戏剧的最高峰。

写的是女主杜丽娘游园后梦到美少年柳梦梅，情根深种，直至伤情而死，魂魄与柳相遇相恋，起死回生，结为夫妇的故事。因为涉及自由恋爱、向死而生，所以屡屡为道学家所禁，却在民间广受欢迎，成为众多古代言情小说里重要的"背景音乐"。

二

嗣是重亲惜韩香①之遇，闺人契（投缘、投合）胜璩^{qióng}②之才，搴芳结缡^{qiān xiāng}（出自《离骚》"解佩缡以结言兮"，比喻议定婚事），促践佳约。

余曰："一面之缘，三生之诺，必秉慈命而行，庶免唐突西子（西施，这里指紫姬）。"

允庄曰："昨闻堂上云：'紫姬深明大义，非寻常金粉可比。申年丈（侯云松的年纪比陈文述还要大，所以小陈和允庄称其为"年丈"）不获与偕，蹇修^{jiǎn}（传说中上古贤士，以钟乐之声为媒，后来代指媒人）之事，六一令君（指欧阳炘。因为欧阳修号六一居士，故以"六一令君"代指）可任也。'"

季秋八夕（七夕的第二天），乃挂霜帆（秋日的风帆）。重阳渡江，风日清美。白下（南京的别称）诸山，皆整黛鬟迎楫（船桨，代指船，这里特指欧阳炘乘坐的船）矣。

　　　　　　　　　　　　原文 & 注解

六一令君将赴之江（钱塘江古称"之江"）新任，闻姬父母言姬雅意属余，倩传冰语③，因先访余于丁帘水榭（此时陈文述任江都知县，举家迁往扬州，则"丁帘水榭"或为陈裴之在扬州的居所），诧曰："从来名士悦倾城（绝代佳人，代指美人），今倾城亦悦名士。联珠合璧，洵（实在、诚然）非偶然。余滞燕台（因为这位欧阳公的生平未能考察，所以不知这里的燕台具体所指，考察下文"三千里外"，应该是指他之前在冀北一带为官）久矣，今自三千里外捧檄而归（"捧檄"的原意是为了成全父母的心意出仕，这里是说欧阳归江南乃是因为父母的原因），端（端的、确实）为成此一段佳话尔。"

余袖出申丈书示之，令君掀髯（大笑状，笑时胡须掀动）曰："父母之命，媒妁之言，足为蘼芜媚香④一辈人扬眉生色矣。"

①韩香

用"韩寿偷香"的典故，比喻男女暗通情愫（然后被家长察觉）。

韩寿是西晋的一个名士，长得非常美，被大臣贾充的女儿贾午看中，（顺便八卦一下：贾充的另一个女儿就是大名鼎鼎的晋惠帝皇后贾南风。）两人私通，贾女偷其父珍藏奇香赠韩，被贾充发觉，就索性把女儿嫁给他了。

虽然是个自作主张的爱情故事，但却得到了一代代文人墨客的喜爱，变成一个很受欢迎的典故。——所以大家对古人不要抱刻板印象，年轻的、自由的、欢快的爱情，总是比较容易被原谅。

②胜璚

璚，同"琼"，这里是用宋代名妓聂胜琼的故事。

是说一个叫李之问的书生进京后，与聂胜琼相识相交，感情甚笃。李离京后，聂写了一首《鹧鸪天》寄给他，其中最有名的一句是"枕前泪共阶前雨，隔个窗儿滴到明"。

李把词藏在书箱里，被李夫人翻出来了，问是怎么回事儿。李老实交代，李夫人觉得这首词写得太好了，爱惜聂胜琼的才华，就从嫁妆里出钱，让老公把她娶回家来。

这里是说，同样是才华横溢的汪端，看中了紫姬的才华，希望小陈能把她纳了。

③冰语

古代把媒人叫作"冰人"，所以媒人的话便是"冰语"，也即求娶之意。

至于为什么把媒人叫作"冰人"，出自《晋书》里的一个故事，是说一个叫令狐策的书生，梦见自己站在冰上与冰下的人对话，便问此梦的吉凶。有擅解梦的人告诉他，冰下的人在阴，你在阳，这是"为阳语阴"，即代男子向女子传话，也就是做媒。

虽然这个故事的脑回路如此绕，人民群众倒也欣然接受，此后就把媒人叫作"冰人"。

④蘼芜媚香

蘼芜是指柳如是（号"蘼芜君"），媚香是指李香君（居媚香楼），都在明末秦淮顶级名妓"秦淮八艳"之列，这里代指风尘女子，特别是出色的风尘女子。

三

　　既以姬素性端重，不欲余打桨亲迎，令君乃属（嘱，拜托）其夫人，与姬母（紫姬生母早逝，此应为其嫡母）伴姬乘虹月舟①连樯（桅杆，既然说"连樯"，应该是个小船队）西下，小泊瓜洲（此时陈家在扬州，所以送亲的队伍会送到瓜洲），重亲更遣以香车画鹢（yì 船。鹢是一种水鸟，因为经常被画在船头，所以用画鹢代指船）迎归焉。

　　姬同怀（同胞。但这里疑是大排行，或同院养女一同排行）十人，长归铁岭方伯，次归天水司马，次归汝南太守，次归清河观察（应为张之杲，字东甫，钱塘人，曾任华亭知县），次归陇西参军，次归乐安氏，次（七姊王瑞兰）归清河氏，次（名小兰）未字而卒，次归（名稚兰）鸳湖大尹，姬则含苞最小枝也。

　　蕙绸居士（蒋志凝，字子于，号澹怀，陈裴之好友，别号蕙绸

　　原文 & 注解

居士，著有《蕙绸室词稿》）序余《梦玉词》（陈裴之词集）曰：

"闻紫姬初归君时，秦淮诸女郎皆激扬叹羡，以姬得所归，为之喜极泪下，如董青莲故事。"渤海生（指欧阳长海，字药谵，陈裴之好友，著有《小画舫斋词稿》。欧阳氏郡望为"渤海"，故称渤海生，而后面的"渤海令君"则是指前文所说的老一辈的欧阳忻）《高阳台》词句有曰"素娥青女②遥相妒，妒婵娟最小，福慧双修"，论者皆以为实录。

姬亦语余云："饮饯之期，姻娅（泛指姻亲。古时称女婿的父亲为"姻"，称连襟为"娅"）咸（全部）集，绿窗私语，佥^{qiān}（都、全）有后来居上（指紫姬年纪最小，嫁得最好）之叹。"

其姊归清河氏者，为人尤放诞风流。偶与其嫂氏闰湘（马又兰）、玉真（缪玉真，紫姬的嫂子）论及身后名，辄述李笠翁《秦淮健儿传》③中语曰："此事须让十弟，我九人无能为也。"两行红粉服其诙谐吐属之妙。

①虹月舟

精致的画舫，语出宋代诗人黄庭坚诗"沧江静夜虹贯月，定是米家书画船"，这里的"米家"是指宋代书画大家米芾。所以虹月舟较之寻常精致画舫，还多了几分文艺与风雅之感。

②素娥青女

代指神女仙子，而且是缥缈出尘冷美人一挂的。

青女即青霄玉女，中国古代传说中掌管霜雪的女神，出自《淮南子》："至秋三月……青女乃出，以降霜雪。"

素娥一说即嫦娥，见谢庄《月赋》"引玄兔于帝台，集素娥于后庭"；一说是指白衣仙子，并不一定特指哪位。

总之，这两位走高冷范儿的神仙姐姐放在一起，就给人一种清凌凌"美丽冻人"之感，所以李商隐有诗句"青女素娥俱耐冷，月中霜里斗婵娟"。

③李笠翁《秦淮健儿传》

李渔，字笠鸿，号笠翁，明末清初著名才子、名士、戏剧家、小说家，最为人所知的作品是《闲情偶记》。

《秦淮健儿传》是李渔的一篇短篇小说，写一个生来力大无穷、逞武斗狠的游侠"健儿"的故事。"此事须让十弟，我九人无能为也"

一句，是"健儿"落魄后卖酒为生，为一群少年所戏，其中年纪最小的一个表演力拔枯树的剧情。

总之就是非常武侠的情景，与此处佳人调笑、旖旎芬芳的言情氛围非常不协调，但这句话又十分契合当时情形，而形成一种"反差萌"，所以"两行红粉服其诙谐吐属之妙"。

四

　　吴中女郎明珠（不知何人，疑为当时吴中名妓沈金珠，《秦淮画舫录》中暗示其与陈裴之有旧），偶有相属之说。安定考功（应为马履泰，字叔安、定民，号药庵，老一辈名士，书画俱佳）戏语申丈曰："云生（即是指陈裴之，字小云，故以"云生"称之）朗如玉山（这又是陈裴之在暗示自己姿容出色），所谓仙露明珠者，岂能方斯（方斯，即"如此"）朗润（明亮滋润）耶？"

　　告以姬事，考功笑曰："十全上工（"上工"指医术高超的良医，"十全"则是医生的最高境界），庶疗相如之渴①耳。"盖亦知姬行十，故以此相戏云。

　　余朗玉山房（陈裴之与汪端居所）瓶兰，先苗同心并蒂花一枝，允庄曰："此国香（既指兰花，又指绝色佳人，紫姬名子兰，故作此言）之征也。"因为姬营新室，署曰"香畹楼"（用屈原《离骚》"余既滋兰之九畹"典故，后世便以"九畹"和

"畹"代指兰花），字曰"畹君"（古代青楼女子往往请有身份的客人或所嫁之人为其取字，也是一种情趣。紫姬名"子兰"，字紫湘，而陈裴之为其另取一字曰"畹君"）。

余因赋《国香词》曰：

悄指冰瓯（ōu），道绘来倩影，浣尽离愁。
回身抱成双笑，竟体香收。
拥髻离骚倦读，劝寨芳人下西洲。
琴心逗眉语，叶样娉婷，花样温柔。

比肩商略处，是兰金小篆，翠墨初钩。
几番孤负，赢得薄幸红楼。
紫凤娇衔楚佩，惹莲鸿，争妒双修。
双修漫相妒，织锦移春，倚玉纫秋。

一时词场（词场，指文坛）耆隽（成名已久的才俊），如平阳太守、延陵学士、珠湖主人、桐月居士（这些偶然出镜的朋友们，就不一一考证具体为谁了）皆有和作。

畹君极赏余词，曰："君特叔夏（周代掌管山泽的官员，此时陈裴之为两淮盐运使钱昌龄的幕僚，所以紫姬美称他为"叔夏"），此为兼美（样样擅长、完美）。"（这句的意思是说陈裴之既为干练的能吏，又擅长诗词，还很温柔多情，可谓"兼美"。）

余素不工词，吹花嚼蕊，嗣（接着、此后）作遂多。闺人请以《梦玉》名词，且笑曰："桃李宗师，合让扫眉才子^②矣。"（这句的意思是说，陈裴之能写出这些好词，得亏有紫姬这么一个"扫眉才子"，须得视其为老师才是。"扫眉"即画眉，古代用"扫眉才子"代指才女。）

闺中之戏，恒以指上螺纹^③验人巧拙。俗有一螺巧之说。

余左手食指仅有一螺。紫姬归余匝月（满一月为"匝"），坐绿梅窗下，对镜理妆。闺人姊妹戏验其左手食指，亦仅一螺也。粉痕脂印，传以为奇。

重闱（父母）闻之，笑曰："此真可谓巧合矣。"

①相如之渴

传说司马相如有"消渴之症"，后世考证是糖尿病。而《西京杂记》记载，司马相如因沉迷卓文君美色，使疾病严重，曾作《美人赋》告诫约束自己，但还是不能戒色忘情，最终死于此症候。

虽然此为笔记小说传言，但因司马相如与卓文君的故事太有名也太受文人欢迎——毕竟是"白富美倒贴穷才子"的故事嘛，所以后世文人常以"相如之渴"暗指男子对美色的冲动欲望。

　　　　　　　　　　　　　　原文 & 注解

②扫眉才子

"扫眉"即画眉，古代只有女子才画眉——当然现在就不好说了，男孩子为了让眉型漂亮一点，修一修画一画也是寻常，所以"扫眉才子"就是指女才子。

最初是形容唐代大才女薛涛。薛涛，字洪度，唐代四大才女之一，同时也是蜀中四大才女之一，有《锦江集》传世。同时代的诗人王建曾赠诗——

> 万里桥边女校书，枇杷花里闭门居。
> 扫眉才子知多少，管领春风总不如。

此后人们便用"扫眉才子"来称有才华的女子。

③螺纹

手指上指纹涡旋图案，呈有规律的圆圈称为"螺"（又名"斗"），无规律则称为"箕"（又名"簸箕"），民间多以指尖"螺""箕"之数及其排列来推测人的性情、天赋和命运。各地说法不同，"一螺巧"即为其中一种。

五

　　莲因（钱若璞，字寿之，常熟人，书画家张琪妾室，曾向陈文述学诗）<u>女史</u>（原为古代女官名，如东晋顾恺之《女史箴图》，后用以尊称知书识礼的才女）雅慕姬名，<u>背摹</u>（此画或为紫姬背影，故曰"背摹"）"惜花小影"见贻（赠送）："衣退红衫子①，立玉梅花下②，珊珊秀影，仿佛似之。"时广寒外史（应为彭剑南，字梅垞，著有剧本《香畹楼》）有"香畹楼院本"（"院本"即剧本，据《梦玉词》记载，陈裴之与紫姬相遇赠诗的故事，被这位"广寒外史"写成了个小剧本）之作，余因兴怀本事（作为当事人的感慨），纪之以词曰：

　　省识春风面，忆飘镫、琼枝照夜，翠禽啼倦。

　　艳雪生香花解语，不负山温水软。

　　况密字、珍珠难换。

王维鋆辑本为"女士"。

王维鋆辑本为"背抚"。

chá

同听箫声催打桨，寄回文大妇怜才惯。

消尽了，紫钗怨。

歌场艳赌桃花扇，买燕支、闲摹妆额，更烦娇腕。

抛却鸳衾兜凤舄，鬓子颓云乍绾。

只冰透、鸾绡谁管？

记否吹笙蟾月底，劝添衣悄向回廊转。

香影外，那庭院。

姬读之，笑授画册曰："君视此影颇得神似否？"乃马月娇[③]画兰十二帧，怀风抱月，秀绝尘寰。帧（画幅，一幅画为一帧）首题"紫君小影"四字，则其嫂氏闰湘手笔。是册固闰湘所藏，以姬归余为庆，临别欣然染翰（以笔蘸墨，即"书写"），纳之女儿箱（嫁妆箱子）中者。

余欲寿之贞珉[④]，姬愀然（不悦、不安的样子）曰："香闺韵事，恒虑为俗口描画。"余乃止。·

①衣退红衫子

此处亦是化用冒辟疆《影梅庵忆语》中一个著名的意象：

时西先生毕今梁（原名是 Francois Samniasi，中文名是毕方济，字今梁，意大利人，耶稣会传教士）寄余夏西洋布（东南亚和印度产的白棉布）一端，薄如蝉纱，洁比雪艳。以退红（粉红，又作"褪红"）为里，为姬制轻衫，不减张丽华（南朝后主陈叔宝的宠妃）桂宫霓裳也。

②立玉梅花下

前文写到小陈初遇紫姬，紫姬赠诗，有"几生修到人如玉，同听箫声廿四桥"一句，化用唐代诗人杜牧"二十四桥明月夜，玉人何处教吹箫"诗句。而这一句又曾被宋代大词人姜夔化用，"旧时月色，算几番照我，梅边吹笛。唤起玉人，不管清寒与攀摘"，所以"玉人""梅花""吹箫（笛）"是一组相贯通的诗词意象。

紫姬的粉丝钱女士画小像时，把她画在了梅花树下，可谓用心良苦。

③马月娇

即马湘兰，明末金陵名妓，"秦淮八艳"之一，名守真，字湘兰，又字月娇。美貌多才，工诗善画，尤其擅长画兰竹。其绘作兰花颇为后世所宝，故宫书画馆、日本东京国立博物馆均有收藏，所以紫姬陪嫁的这十二幅兰花图，确实珍贵。

④寿之贞珉

"贞珉"指珍贵优质的石碑铭刻，"寿之贞珉"即将之刻成石碑，使之永世流传，不致湮灭。

也有将之广为传播，使更多的人看到的意思，所以紫姬说"香闺韵事，恒虑为俗口描画"，是不希望太多人看到这珍贵的画册，并传说画册背后的故事。

六

蔻香阁（当时名妓吴玉龄所居）狂香浩态（据捧花生《画舫余录》记载，"容光夺目，肆应若流，当以蔻香第一"，则可知这位吴姬性情较为奔放肆意，故称"狂香浩态"），品为花中芍药。尝语芳波大令（陶焜午，陈裴之友人，字香泉。曾为清河县令，故称"芳波大令"）曰："姊妹花中如紫夫人者，空谷之幽芳也。色香品格，断推第一。天生一云公子非紫夫人不娶，而紫夫人亦非云公子不属。奇缘仙偶，郑重分明，实为天下银屏间人（风尘女子）吐气。我辈飘花零叶，堕于藩溷（原意是篱笆和厕所，引申为飘零沦落于不堪之处）也宜哉。"芳波每称其言，辄为叹息不置。

捧花生（车持谦，字子尊，号秋舫或秋舲；住捧花楼，遂以为号）撰《秦淮画舫录》①，以倚云阁主人（当时名妓金袖珠）为花首（花魁）。此外事多失实，人咸讥之。

原文 & 注解

余以公（公事）羁（滞留）秣陵，仲澜招访倚云，一见辄呼余字曰："此服媚国香②者也。"仲澜与余皆愕然。

　　时一大僚（即"大官"。陈裴之佐理两淮水利、盐务时，所涉政务复杂，颇为人所忌，此大僚无法考证具体为谁，疑为当时的两淮盐政阿克当阿或两淮盐政运使曾燠〔yù〕）震（震慑于、忌惮）余名（陈裴之曾上蓟州知州查揆〔zhākuí〕《答问西北水利书》，查大加赞赏，并得到当时众多官员、学者的推许），遇事颇为所厄（为难、阻碍）。后归以语姬，姬笑曰："大僚震君之名而挤君，倚云识君之字而企（盼望，引申为仰慕）君，彼录（即《秦淮画舫录》）定为花首也固宜。"

①《秦淮画舫录》

是一本记载嘉庆、道光年间秦淮风月场上的佳话与八卦的集子，夹杂着许多诗词，体例混乱，所涉及的人物又多用暗号隐语（本文也有这个毛病），读来相当费神，但仍不失某种风雅与趣味。

作者捧花生，后人考证为车持谦，字子尊，号秋舲或秋舲，以研究明末大学问家顾炎武而著名。大概是因为在《秦淮画舫录》里，他展现出不一样的轻佻风流甚至"狭邪"的一面，所以要用捧花生这个笔名，并一直讳莫如深吧。

②服媚国香

语出《左传》："以兰有国香，人服媚之如是。"媚在这里作"爱"解，原意是人们都喜爱兰花的"国香"，所以如果有人采兰而佩之，大家就会因为喜爱兰香而喜爱他了。

这里是恭维小陈得到了秦淮的绝代佳人紫姬（子兰），因而在风月场上为人们羡慕和喜爱。

七

余受知于彭城都转（钱昌龄，字宝甫，号恬斋，时任两淮都转盐运使，钱为海盐人，故称"彭城都转"），请于阁部节使（孙玉庭，字佳树，号寄圃，此时拜体仁阁大学士，兼任两江总督，故称"阁部节使"），檄理真州水利①，并以库藏（公库所藏，即公费和公家物资）三十七万责（要求，命令）余司其出纳。

余固辞不可，公愠曰："我知子猷^{yóu}（谋划，计划）守（操守，品格）兼优，故以相托。有所避就，未免蹈取巧之习矣。"

余曰："不司出纳，诚蹈取巧之习；苟司出纳，必蒙不肖（品行不良）之名。事必于私无染，而后于公有裨（裨益，好处）。此固由素性之迂（迂阔）拘（不知变通），亦所以报明公（古代对有名望地位者的尊称）知己之感也。"

公察其无他，乃止。

时自戟门（立戟为门，古制三品以上及都督、都护、州设戟门，后引申为官署）归，已深夜，闺人方与姬坐香畹楼玩月。闺人诘知迟归之故，喜曰："君处脂膏而不润（沾染，浸渍），足以报彭城矣。"

姬曰："人浊我清，必撄（触犯）众忌。严以持己，宽以容物，庶免牛渚之警②乎！"余夫妇叹为要言不烦。

①檄理真州水利

真州即江苏仪征，此时小陈的身份是"以同知衔候选通判专驻仪征"，故称"檄理"，并非本职，奉檄而理。

这里当时的官制有点复杂，细说能写一篇论文，这里大致解释一下，方便读者理解。

所谓"以同知衔"就是"享受同知待遇"，同知为知府的副职，因事而设，正五品。

"候选通判"相当于"准通判"，就是没有正式编制的"通判"，通判也是辅助知府，负责具体政务的官员，正六品。小陈不是正规科举出身，因此属于"候选官"，即通过科举之外其他渠道提拔上来的，具备任官资格，但还没有被授予实权的"后备官员"。

总的来说，就是给他一个正五品同知的待遇，让他以"准通判"的身份到仪征负责水利工作，言下之意是事儿先干着，如果干得好，将来"通判"或同级官职有缺，有可能给转正。

②牛渚之警

用"牛渚燃犀"典故。是说东晋名将温峤过牛渚矶（即安徽马鞍山市采石矶），听到水底有乐声，便问当地人，说此处水底多妖物。正好温峤有一支犀角，点着后可照见妖物，温就试了试，果然照见水底千奇百怪的妖物。当晚温梦到有人对他说："与君幽明道隔，何意相照耶？"心下不安，不久便病逝了。

紫姬用这个典故，是说"水至清则无鱼"的道理，身处官场，若是过于明察秋毫，则难免为小人奸邪所忌，招致祸害。

八

余旧撰《秦淮画舫录序》曰：

仲澜（王嘉福，见前注）属（zhǔ）为捧花生《秦淮画舫录》弁言（序言、序文），仓促未有以应也。

延秋之夕，蕊君（苏州名妓，姓不详，名蕊仙）招集兰语楼（蕊仙居所），焚香读画，垂帘鼓琴，相与低回者久之。蕊君叩余曰："媚香（指明末清初秦淮名妓李香君）往矣。《桃花扇》乐府[①]，世艳称之。如侯生（侯方域，明末四公子之一，李香君的情人）者，君以为佳偶耶？抑（抑或）怨偶耶？"

余曰："媚香却聘[②]，不负侯生；生之出处，有愧媚香者多矣[③]，然则固非佳偶耶。"

蕊君颔之，复曰："蘼芜（明末清初秦淮名妓柳如是，见前注）以妹喜衣冠[④]（mò），为湘真（指明末名士陈子龙，著有《湘真阁存稿》，故称"湘真"）所距（拒绝。柳如是倾心于陈子龙，最终未成好事）。苟（如果）矢（矢志、发誓）之曰：'风尘弱质，见屏清流（被清流名士拒绝），愿蹈泖湖（mǎo。泖湖在今上海松江区，陈子龙即松江人）以终尔。'湘真感之，或不忍其为虞山（钱谦益，明末清初名士，世称"虞山先生"）所浼⑤（měi。污染，玷污）乎？"

余曰："此蘼芜之不幸，亦湘真之不幸也。横波（顾横波，明末秦淮名妓）侍宴⑥，心识石翁（黄道周，明末名士，号石斋，故称"石翁"），后亦卒为定山（龚鼎孳，明末清初名士，著有《定山堂文集》，故称"定山"）所误⑦。坐让葛嫩（葛嫩娘，明末秦淮名妓）武功，独标大节⑧，弥可悲已。卿不见九畹之兰乎？湘人⑨佩之而益芳，群蚁趋之而即败，所遇殊也。

"如卿净洗铅华，独耽（耽于、沉溺）词翰（诗词文章。"翰"的原意是羽毛，引申为毛笔、文字、文章），尘弃轩冕（视权势如尘土。轩是古代士大夫的车乘，冕是衣冠袍服，引申为官爵权势），屣视（即"视如敝屣"）金银，驵侩（原意是贩卖牲口的人，后泛指市侩）下材（即"下才"，指低劣之人），齿冷（讥笑、嘲讽）久矣。然而文人无行，亦可寒心。即如虞山、定山、壮悔（指侯方域。侯有《壮悔堂文集》，故称"壮悔"）当日，主持风雅，名重党魁（三人皆为东林党的领袖人物），已非涉猎词章，聊浪（放纵浪游）花月，号为名士者可比。卒至晚节颓唐，负惭红袖（代指佳人），何如杜书记青楼薄幸⑩，尚不致误彼婵媛（原意是美妙姿容，后代指美女）也。

"仆也古怀（对前尘旧事的追怀）郁结，畴（同"俦"，谁）与为欢。未及中年，已伤哀乐。悉（了解）卿怀抱（胸襟，情怀），旷世秀群（秀于群，特别出色）。窃虑知己晨星（寥若晨星），前盟（曾有盟誓之人）散雪（如雪消散），母骄钱树（摇钱树。这一句的意思是鸨母将之视为摇钱树，高价待沽），郎冒（冒充）璧人（君子，出色的人）。弦绝阳春之音（阳春白雪的高雅旋律），金迷长夜之饮（长夜痛饮纸醉金迷）。而木石吴儿（木石心肠的本地恶少年），且将以不入耳之言，来相劝勉曰：'使卿有身后之名，不如生前一杯酒⑪。'嗟乎！薰莸合器（香草与臭草置于一处），臭味（气味）差池（参差不齐），鹣（比翼鸟）鲽（比目鱼）同群，蹉跎（虚度年华）不狎（无法亲昵。即今所谓"飞鸟与鱼，世上最远的距离"）。语以古今，能无河汉哉⑫？"

蕊君沾巾拥髻（撑着头，颓唐的样子），殆（几乎）不胜情（情感激动不能自已）。余亦移镫就花（将灯烛从酒桌上移开），黯然罢酒。维时仲澜索序甚殷（殷切），蕊君然脂（点亮灯烛）拂楮，请并记今夕之语。

夫白门柳枝，青溪桃叶⑬，辰楼（高楼）顾曲（用"曲有误，周郎顾"典故，指高雅的调情挑逗），丁帘（丁字形卷帘，也是秦淮一处青楼云集的欢场）醉花（花间买醉，形容流连风月），江南佳丽，由来尚已（"已"通"矣"，从来如此）。迨至故宫禾黍（荒废的宫室长满庄稼，形容世事变迁，盛极而衰），旧苑沧桑，名士白头，美人黄土（美人长眠于黄土之下），此余澹心《板桥杂记》[14]所由作也。

今捧花生际（当，适逢）承平（累世太平）之盛，联裙屐（裙为下裳，屐为木屐。原意为六朝贵族子弟出游的装束，后用来指时髦的富家子弟）之游，跌宕（肆意不羁）湖山，甄综（品评欣赏）花叶（既指景物，也指众多美人）。华灯替月（花灯的光华胜过月色），抽觞擪笛（敲击酒杯之声压过了音乐，极言饮宴之乐）之天；画舫凌波，拾翠（原意是捡拾翠鸟的羽毛作为装饰，后多用来指女子或携女子出游）眠香之地，南朝金粉，北里烟花，品艳柔乡（温柔乡），摅（抒发）怀璚翰（玉管，华美的毛笔，这里指优美的文字），澹心《杂记》自难专美（独享美名）于前。

窃谓轻烟淡粉间（指风月场所）当有如蕊君其人者，两君[15]试以斯文示之，并语以蘼芜媚香往事，不知有感于蕊君之言而为之结眉破粉（忧伤貌）否也？

此一时仁兴（感情积蓄）之作，忽忽（时间飞逝）不甚记忆。迨（等到）姬归余后，允庄谈次（言谈之际）戏余曰："君当日以他人酒杯，浇自己块垒[16]，兴酣落笔，慨乎言之（言辞间恣意慨叹）。苟（如果、假设）至今日，敢谓秦淮无

王维鋆辑本为"秦"。

人耶？"

　　苕妹（<u>陈丽娜</u>，字苕仙，陈裴之二妹）曰："兄平生佳遇
（艳遇）虽多，然皆申（约束）礼防（礼教大防）以自持，不肯
稍涉苟且（这里的意思是不守礼法）轻薄之行。今得紫君，天
之报兄者亦至（极点，指上天回报陈裴之甚厚）矣。"

　　闺侣咸为首肯（赞同）。

　　（这一段涉及明末秦淮风月典故颇多，且细细道来——）

①《桃花扇》乐府

　　古时，戏曲又被称作"乐府"——从元曲称"乐府"而来。

　　《桃花扇》是清代剧作家孔尚任的代表作，写明末"四公子"
之一的侯方域与秦淮名妓李香君悲欢离合的爱情故事，以及明朝
灭亡时的兴亡盛衰之叹。

　　也许是因为与剧中人物的生活环境相似，当时的江南名妓对这
部剧及剧中出现的诸多名妓，特别感同身受。（与她们交往的"名
士"们似乎也是。）

　　所以本文不仅处处"对标"《影梅庵忆语》，接下来的一段，

小陈更是借着与名妓蕊仙的对话，对明末秦淮名妓的际遇发表议论，借以表达自己的爱憎、性情和风骨。

②媚香却聘

《桃花扇》中的重要情节。

当时侯方域被弘光朝奸臣阮大铖陷害，逃往扬州，阮等人逼李香君嫁权臣田仰。李香君抵死不从，触柱欲自尽，血溅扇面（此扇为侯送给她的定情物），后来侯的友人杨龙友（即杨文骢）在扇面上画了一树桃花。《桃花扇》即由此得名。

③生之出处，有愧媚香者多矣

李香君与侯方域的结局，说法不一。《桃花扇》记载二人归隐，但也有说侯晚节不保，李离他而去，侯思念懊悔不已，三十七岁就去世了。

至于侯的晚节不保，也有不同的说法。从言行诗文来看，他一直坚持义不仕清，还致书劝说过有意在清廷出仕的师友。但他又在顺治八年参加了河南乡试，而且考试文章还写得非常精彩。甚至还有传言他曾献计直隶、山东、河南三省总督，镇压榆园军反清起义。

于是又有说他做这些都是为了营救父亲，不得已虚与委蛇。但不管怎样，比起李香君的高风亮节，说侯"有愧"也没错。

④妹喜衣冠

妹喜是夏朝末代君王夏桀的宠妃，与商纣王的宠妃妲己并列为上古的红颜祸水、亡国佳人。

据称妹喜好着男装，因此"妹喜衣冠"即男装的意思。明末秦淮名妓柳如是（号蘼芜君）也喜欢女扮男装，她与陈子龙的书信往来，往往自称为"弟"。

当然，陈子龙与柳如是的这段公案，也是众说纷纭。为何陈子龙未纳柳如是？肯定不是因为柳如是好着男装。一般认为是陈子龙已有家室，但这说不通，因为这在当时完全不成障碍。

而这里用"妹喜衣冠"，则是暗示陈子龙或将柳如是视为"妹喜"。至少是他作为东林党领袖，已感知到风雨将至、国家将倾，无意于此时儿女情长。而明朝灭亡后，陈子龙确实倾力抗清，直至投水殉国，与柳如是后来嫁的钱谦益形成鲜明的对比。

⑤为虞山所涴

指柳如是后来嫁名士钱谦益为妾，致使名节有亏。

钱谦益字受之，号牧斋，人称"虞山先生"。明末著名学者、诗人，与龚鼎孳、吴梅村并称"江左三大家"。

钱是明万历三十八年探花，与陈子龙同为东林党领袖。然而明亡后他的表现则十分不堪，传说当时南京城将破，柳劝钱与自己一同投水殉国，钱则推托"水太凉"，为后世唾骂嘲笑。

"水太凉"的段子未必是真，而后来他也暗中资助反清活动，并对未能殉国极为懊悔，但明亡后他屈身事清却是事实。所以后世人们论及，未免惋惜柳如是"为虞山所浼"。

⑥横波侍宴

这是明末另一名妓，与李香君、柳如是并列"秦淮八艳"的顾横波的故事。

顾横波名眉，字眉生，号横波，性情豪放不羁。传说当时著名学者黄道周（字幼平，号石斋，人称"石斋先生"，即这一段所谓的"石翁"），曾自诩"眼中有妓，心中无妓"，于是顾横波就趁他醉酒后，脱衣与之共榻，试他是否真的"心中无妓"。

至于测试结果如何没有记载，顾与黄此后也似乎没有什么交集，因此说顾"心识石翁"未免牵强，仿佛只能说明当时江南民风开放，顾也确实豪放不羁。

但明亡后黄抗清殉国，与顾后来所嫁的龚鼎孳同样形成鲜明对比，也就怪不得后人为顾惋惜了。

⑦为定山所误

指顾横波后来嫁名士龚鼎孳，致使名节有亏。

龚鼎孳字孝升，号芝麓，著有《定山堂文集》，故称"定山"，明末著名学者、诗人，与钱谦益、吴梅村并称"江左三大家"。

公道地说，柳如是曾有殉国的念头，可以说是"为虞山所浼"，但顾横波是否"为定山所误"，值得商榷。

明亡后，龚同样屈身事清，官至礼部尚书，朝廷打算加封他的妻子为一品夫人。龚的正室童氏坚决拒绝，说自己已经受过明朝的诰命，绝不受"本朝恩典"。于是这个一品夫人就落到了顾横波头上，而顾不管本意如何，总之是太太平平地接受了。

覆巢之下，屈身以求自保，对一个弱女子来说，似乎是无可厚非。但同样是风尘女子，有前面说到的李香君，后面说到的葛嫩娘，风骨铮铮，相形之下，顾就确实显得"为定山所误"了。

⑧葛嫩武功，独标大节

葛嫩，又名葛嫩娘，字蕊芳，秦淮名妓，虽然未能列入"秦淮八艳"，但明末之际，却是秦淮名妓中表现最为刚烈决绝的一人。

葛嫩嫁名士孙临（字克咸）为妾，孙自负文武双全，明末与杨文骢共同抗清，兵败被俘，葛嫩始终追随孙左右，亦被俘。

据说葛嫩被俘后，咬舌血唾清军将领，被斩。孙见此情形，大笑说："孙临今日登仙矣！"亦被杀害。同时遇害的，还有杨文骢全家。

所以后人论及明末秦淮诸姬，认为"葛嫩武功，独标大节"。也可以想象如小陈、蕊仙这样后世的名士与名妓对她的推崇与向往。

⑨湘人

指战国末年楚国大诗人屈原，以及像屈原这样的品行高洁之士。

"九畹之兰"语出屈原《离骚》"余既滋兰之九畹兮"，所以后世往往说兰生于"三湘九畹"之地，而咏兰佩兰的诗人，也就被称作"湘人"。

这一句的意思是，兰花如果为屈原这样的高士所佩，则更增芬芳，但若是被虫蚁攀咬，则腐败芜秽。

那么同样如兰似麝的美人，如果遇到陈子龙、黄道周、孙临这样的义士，就会留下高洁刚烈的美名；但如果遇到的是钱谦益、龚鼎孳这样贪生怕死的懦夫，就会跟着遗恨青史。

必须承认，此言虽然仍将女性置于被动的从属地位，但较之"红颜祸水"之论，已经是相当"妇女之友"的说法了，也难怪后文蕊君会"沾巾拥髻，殆不胜情"。

⑩杜书记青楼薄幸

用唐代诗人杜牧故事。

杜牧曾任淮南节度使牛僧孺掌书记（相当于秘书、参谋），故称"杜书记"。淮南节度使驻扬州，杜牧正当年少，春风得意，纵情声色，四处留情，还写下大量诗句为证。自己也曾总结道："十年一觉扬州梦，赢得青楼薄幸名。"

所以后世一说到青楼薄幸，首先想到的代言人就是杜牧杜书记。

但这里是说，杜牧虽然薄幸，但是把无情挂在脸上，也就不致使人芳心错付，更不耽误美人们的前程。而钱谦益、龚鼎孳、侯方域等人，看似既多才又多情，却因为自身晚节不保，拖累了倾心于他们的佳人，也在史上留下污点，还不如杜牧的薄幸。

⑪使卿有身后之名，不如生前一杯酒

语出李白《将进酒》第三首："且乐生前一杯酒，何须身后千载名。"原意是劝人及时行乐，不要在意身后的浮名。

这里小陈反其意而用之，是说或许会有狭邪无情之辈蛊惑有风骨的女子，及时行乐，遇到谁是谁，不要太在意自己的名声是否因此被玷污。而他不赞成这种不爱惜名声的轻浮行为，鼓励女孩子即使出身风尘，也应该活出人样，力争留下好名声。

⑫语以古今，能无河汉哉

语出《庄子·逍遥游》"惊怖其言，犹河汉而无极也"。

原意是语言博大精深，难以把握其奥义，后来演变为浮夸空谈，成语"口若悬河"即出于此。

而这里小陈的意思是，在寻欢买醉的秦楼楚馆，如自己这样大谈古今兴衰、身后名望，在"木石吴儿"看来，会认为是大而无当的空谈吧。

⑬白门柳枝，青溪桃叶

这既是南京的著名景致，也暗指风尘女子。

白门原是指南京建康时的宣阳门，后用作南京的别名，"白门柳"的意象在古人诗作中反复出现。同时"柳枝"也暗指妓女，语出唐代韩翃《章台柳》："章台柳，章台柳，往日依依今在否？纵使长条似旧垂，也应攀折他人手。"因为"柳"谐音"留"，所以古人有折柳送别的习惯，而柳枝因其随人攀折，也就用来比喻朝秦暮楚的青楼女子。

青溪桃叶是指桃叶渡，是南京一个古渡口，在秦淮河和古青溪水道交汇处。同时晋代王子敬有《桃叶歌》："桃叶复桃叶，渡江不用楫。但渡无所苦，我自迎接汝。"后世便传说王子敬有爱妾名为"桃叶"，则后世用桃叶指爱妾，也指为人做妾的女子。

⑭余澹心《板桥杂记》

余澹心即余怀，字澹心，一字无怀，后人或称之为"余心怀"。明末清初名士、文人，著有《板桥杂记》。

《板桥杂记》是一本奇妙的书，专门描写明末江南一带的风月狭邪之事，以及风俗、异闻、八卦，但明明是这么不正经的一本书，却因为写于明亡之后，于是字里行间就仿佛蒙上了一层回忆与感怀的柔光，特别令人感慨，特别动人。

这里小陈化用了书中的句子："十年旧梦，依约扬州。一片欢场，鞠为茂草……间亦过之，蒿藜满眼，楼馆劫灰，美人尘土，盛衰感慨，岂复有过此者乎！"用来表达风月冶游之地，亦可承载历史的沧桑。

⑮两君

《秦淮画舫录》共有四篇序，陈裴之这一篇是第三篇。

这里的"两君"指前两篇序的作者杨文荪（字秀实，一字芸士，著名学者、藏书家）和汪庋（字邺楼，一字白也，名士、诗人）。

小陈这一句的意思是：风尘女子中也有敏感而高贵的灵魂，朋友们不妨把我的这段话说给自己中意的姑娘听，并解释一下李香君、柳如是等人的往事，看看她是否若有所思、心生哀戚，便知她是怎样的性情了。

⑯**以他人酒杯，浇自己块垒**

古诗文中常用的一个意象，将郁积胸中的不平之气比作"胸中块垒"，即胸口梗着的石头土块，且通常认为这样的"块垒"，得用酒来浇平。

语出《世说新语》："阮籍胸中垒块，故须酒浇之。"明代张潮有句："胸中小不平，可以酒消之。"

以他人酒杯，浇自己块垒，则是说借着他人的经历故事发表议论，不平则鸣，来抒发自己胸中的郁结之气。也就是拿别人的故事自己发作的意思。

这里是说小陈自己胸中有郁结之气——主要是指怀才不遇，因此对青楼女子的际遇感同身受，借着为她们感慨嗟叹，而抒发自己的不平之气。（不得不说知夫莫如妻，汪端还是了解小陈的。）

九

秋影主人（或为当时名妓王桂，字韵秋），中年却埽（埽，^{sǎo}古同"扫"，闭门谢客，意指不再接客），炉熏茗碗（旧日熏香的炉子用来煮茶，指洗尽铅华），拥髻微吟（随意吟咏），花社灵光（脂粉丛中一点灵犀闪烁），出尘不染，后来之秀，嬴（满、胜，指发自内心）崇礼（尊敬礼遇）焉。

先是（之前），香霓阁（或为当时名妓蒋玉珍，字袭香）有随鸦（彩凤随鸦，指女子所托非人，才貌不配）之举（据说蒋姬与米商交好，时人多讥之），主人苦口箴（劝诫）之。闻姬属余，庆得所归，恒求识面。

申丈介（为宾主传言）余修（修敬、郑重）相见礼，笑曰："十君（紫姬行十，故称"十君"）玉骨珊珊（纤秀轻盈），迩（近来）应益（更加）饶（富余）丰艳（丰腴艳丽之姿）耶？蕴珠抱璞（内涵珠玉），早审不凡。具此识英雄俊眼，尤为扫眉人（描眉之人，指女子，此处特指风尘女子）生色（面上生色，即增添荣光）矣。"

归宜其言，姬为莞尔。

十

邗（邗江，指扬州，此时陈裴之在两淮都转盐运使幕下效力，两淮转运司就设在扬州）当要冲，冠盖云集。余自趋庭问绢①，日鲜（少有）宁晷（安宁的时刻）。堂上（父母）于奇寒深夜命姬假寐（坐着打盹儿）俟（等待）余，姬仍剪镫温茗，围炉端坐以待。诘晨（诘朝，次日清晨）复辨色（黎明，将将能辨清东西颜色时）理妆，次第（按序）诣长者起居。夙兴夜寐（早起晚睡），历数年如一日焉。

姬将适（女子出嫁曰"适"）余，偶与倚红（当时的名妓王小荏，字倚红）、听春（听春楼，当时的名妓宫雨香、宫露香姐妹所居）辈评次（品评排序）青容院本②。或称《香祖楼》警句，或赏《四弦秋》关目。姬独举《雪中人》"可人夫婿是秦嘉③，风也怜他，月也怜他"数语，吟讽不辍。

唐甥桂仙（或为当时名妓唐秋水，其姑改嫁唐氏，遂改姓唐，

　　　　　　　　　　　　　　　原文 & 注解

故称"唐甥"）侍鬟（丫鬟，侍女）改子（丫鬟名，捧花生《画舫余录》有载，后归紫姬嫂马又兰）笑曰："十姑此时固应心契（心领神会）此语！"金钗四座，赏为知言。

余前年于役（公务奔波）彭城，寄姬词有曰："蹋冰瘦马投荒驿，负了卿怜惜。累卿风雪忆天涯，休说可人夫婿是秦嘉。"盖指此也。

王维鋆辑本为"那"。

嗣（后来）于下相（江苏宿迁）道中寄姬词曰："霜月当头圆复缺，跃马弯弓，哪怪常离别。约了归期今又不，关山只认无啼鴂（jué）。何事沾膺双泪热，帐下悲歌，竟未生同穴。忍与归时镫畔说，五更一骑冲风雪。"

王维鋆辑本为"行香子"。

南州朱夫人（高筼，字湘筼，陈裴之友人朱绶妾）为写《行香子》（词牌名），晚翠庵主（不知为何人）即书原词于上。姬每一捧诵，感叹弥（满）衿（同"襟"），凄咽之音，如听柳绵芳草④矣。

①趋庭问绢

"趋庭"指接受父亲教诲，出自《论语注疏》："（子）尝独立，鲤趋而过庭。曰：'学诗乎？'对曰：'未也。''不学诗，无以言。'鲤退而学诗。"鲤是孔子的儿子伯鱼，于是留下"趋庭"的典故，也作"鲤庭""鲤趋"。

"问绢"是指清廉为官。出自《三国志·魏志》，是说魏荆州刺史胡质的儿子胡威来看望他，临走时胡质给儿子一匹绢，胡威跪下问道："大人清白，不审于何得此绢？"胡质就解释说是从自己的俸禄里省下的。后世便以此典说为官清廉。

这里小陈游幕是"子承父业"，用"问绢"的典故，既表明自己清清白白挣俸禄供养父母，同时表示这份清白操守也是来自父亲的教诲。

②青容院本

清代著名文学家、剧作家蒋士铨，字心馀，号清容居士，所作剧本集《红雪楼九种曲》，又名《清容外集》，即这里所说的"青容院本"。下文《香祖楼》《四弦秋》《雪中人》都是剧本名。

其中《香祖楼》写天界兰花仙子转世的爱情故事；《四弦秋》又名《青衫泪》，根据唐代诗人白居易《琵琶行》改编；《雪中人》写铁丐吴六奇的传奇故事。

③秦嘉

字士会，东汉诗人，与其妻徐淑感情甚笃，秦嘉《赠妇诗》三首及徐淑答诗一首，皆为脍炙人口的名作，而秦、徐二人也成为恩爱夫妻的代表。后秦嘉客死他乡，徐兄命徐淑改嫁，徐"毁形不嫁"，思念而亡。

④柳绵芳草

语出宋苏轼《蝶恋花》："枝上柳绵吹又少，天涯何处无芳草。"但玩其诗意，似乎与此处情景不符合，所以这里应该是用汉代无名诗人《古诗十九首》中"青青河畔草，绵绵思远道"诗意，表达紫姬对小陈的思念之情。

十一

余幼涉韬钤（古代兵书《六韬》和《玉钤篇》的合称，后指谋略），长延（延揽、结交）豪俊，然如清河君（或为张青选，字商彝，号云巢，两淮盐政大臣）之忠义廉立（立身持重）者，颇不易觏（遇见）。长白尚衣（或为延隆，时任苏州织造，当时称"织造"为"尚衣"。延隆为满人，祖籍长白山，故称"长白尚衣"），锐（锐意）欲治枭（应该是指当地的盐商及贩运私盐之事），禁暴除害，致书阁部（孙玉庭，见前文注释），谓燕赵（本意是指河北，这里指北方）壮士，江淮（本意指江苏、安徽一带，这里指南方）异人（这两句话是指来自各地的出色人才），恩威（恩威并施）部勒（约束众人），非余莫任。

余启（上书、陈述）阁部曰："无恒产而有恒心者，惟士为能。鸡鸣狗盗之雄，为饥所驱，不知择业，铤而走险，患莫大焉。广庇博施，知有不逮（不足之处），然能储一有用

　　　　　　　　　　　原文 & 注解

之材，即可弭（平息、消弭）一无形之祸。"

阁部深嘉（赞许）是（此、这）言，且曰："即以禽（同"擒"）枭（不法之人）而论，以毒攻毒，兵法亦当如是也。"

忠信所格（感召），景响（亦作"景乡"，如影随形，如响应声，这里就是响应的意思）孔殷（众多）。

姬曰："鹰飞好杀，龙性难驯①，胆大心细，愿味（体会）斯言（这句话，即指前面的"鹰飞好杀，龙性难驯"）。"且以余驭下少（略有些过于）严，渊鱼禀鼠，察诘不祥②，怡词巽（xùn 八卦之一，代表风，衍生之意为"逊"，谦让）语，时得韦弦之助③云。

淮南以浚河（疏通治理水道）停运，余请于堂上，创为移捆之议④，节使（即前文所说的"阁部"孙玉庭）与彭城公咸庆安枕，真州贤士诗歌以侈美（夸张赞美。这里是陈裴之自谦，说自己的所作所为不值当被当地名士才子写诗作文赞美）之。归逼（逼近）岁除（除夕），颇形闷损。姬曰："储课乂（yì 治理，安定）民（使赋税收入增加而百姓安定），颂声洋溢，残年风雪，不负此行，哪有辜负香衾之憾。

芜城（扬州的古称，准确地说在今扬州江都区，而此时陈文述任江都知县）绮节（七夕的别称），慈命（母亲之命）设宴璧月楼（应该是陈家在扬州宅子里的闺楼）前。姬偕（随同）闺侣（即闺密），香阶侠拜（侠，同"夹"。侠拜为古代一种拜礼，女子先拜，男子答拜，女子再拜，称为"侠拜"）。更解缠臂怜爱缕（七夕风俗，女子在臂上结彩缕），遣（派）鬟（丫鬟）密置（偷偷放进）鸱吻（古代屋脊正梁两端的装饰物。"鸱吻"为龙之第九子，性喜吞火，装饰在房梁上以辟火）。吾杭（杭州一带）谓乌尼（喜鹊的别名）衔以成梁（桥梁，即传说中的鹊桥），可渡星河灵匹（被星河隔开的仙侣，指牛郎与织女）也。蕚姊（陈华娬，字蕚仙。陈文述长女，陈裴之之姊）戏裁冰縠（hú）（冰蚕丝织成的绉纱）绘并头兰桂畀（bì）（送给）姬，（姬）向月绣之，镂金错采，巧夺针神。余巾箱（放头巾的小箱子，后指小的随身带的杂物箱）检玩（收藏把玩），珍逾蔡氏金梭⑤矣。

①鹰飞好杀，龙性难驯

语出南朝宋诗人颜延之《五君咏》："鸾翮（hé）有时铩，龙性谁能驯。""翮"指翅膀，"铩"意为伤残。这两句是互文，原意是鸾与龙有时会遭遇伤害摧残，但它们高傲的本性是不会被驯服的。这是颜延之感慨前辈名士嵇康的遭际而作。

这里是紫姬提醒小陈人性复杂，有时人们看似屈从于严厉管束，但内心深处未必真正服从，不可不防。因此驭下要"胆大心细"，既要敢于行使权威，也要能够细心体察对方的真实态度。

②渊鱼廪鼠，察诘不祥

这里是用《列子》"察见渊鱼者不祥"和柳宗元《永某氏之鼠》"仓廪庖厨，悉以恣鼠不问"的典故。

"察见渊鱼者不祥"的意思是：知道得太多，凡事都探个究竟，并非好事。意即人在有些事情上需要学会和光同尘，不要过于明察秋毫。

"仓廪庖厨，悉以恣鼠不问"，原意是说一个迷信的人忌讳杀鼠，以至于家里的厨房仓库老鼠横行。但这里和"察见渊鱼者不祥"是一个意思，对仓库里的老鼠严加"诘问"也是行不通的。

总之，紫姬觉得小陈为人过于聪明严厉，不免忧虑，小陈自己也有所察觉。

——事实上，如果按照小陈的父亲陈文述的说法，小陈之夭折，就在于处置事情时过于明察和严厉，后为宵小所害。可见紫姬的忧虑不无道理。

③韦弦之助

语出《韩非子》："西门豹之性急，故佩韦以自缓；董安于之心缓，故佩弦以自急。"意思是西门豹（没错，就是那个著名的"河神娶妇"故事里的西门豹）性子很急，所以经常带着一条柔韧的熟牛皮，提醒自己不要急躁；董安于（亦作董阏于，春秋时晋国政治家）是个慢性子，所以总是带着一根绷得很紧的弓弦，勉励自己不要迟缓。

后来比喻外界的劝勉和规劝。

这里的意思是小陈认为紫姬对自己的劝诫之言，是"韦弦"一样重要的身边的约束力量。

④移捆之议

所谓"移捆"，涉及清代盐运，比较复杂，这里简单地说一下，方便读者有个大致的了解。

当时仪征设有"淮南盐引批验所"，盐船从产地至此，经过检验，由大包分解为小包，再重新装船运出，这叫作"解捆"。

因为淮南盐运是国家重要收入，所以每年盐运旺季，巡盐御史要亲自到仪征督察，于是在仪征设了"盐漕察院"，解捆原本是在察院进行的，称为"垣捆"。

但随着江滩增高，河道阻塞，不得不多次疏通治理（即前面说的"淮南浚河"），解捆也从察院转移到了沿江沙洲上，称为"洲捆"。而到了文中所说的这次淮南治理，仪征彻底不再作为解捆之地。

解捆之地改变，就叫作"移捆"。解捆工作牵涉众多人力物力，而且在解捆过程中有夹带、损耗等弊端，监管工作也很烦琐。因为"移捆"工作非常繁重而琐碎，才有下文所谓的"颇形困损"。

⑤蔡氏金梭

用宋代《孔氏谈苑》典故："蔡州丁氏，精于女工（红），每七夕，祷以酒果，忽见流星坠筵中，明日（第二天）瓜上得金梭，自是，巧思益进。"用来比喻精美而珍贵的针织品。

"蔡氏"或为"蔡州丁氏"之误。

十二

　　癸未（道光三年，即1823年，这一年陈裴之29岁）仲春（农历二月），太夫人（陈裴之的母亲龚玉晨）患病危亟（危急），姬辄焚香告天，愿以身代。余时奉檄驻工（即前文所谓"檄理真州水利"），星夜驰归，祷于太平桥（扬州地名，二十四桥之一）元化先生祠，赐方三剂而愈。姬因代余持观音斋（佛教斋持，每月初一、十五茹素），以报春晖，至殁（去世）不替（停止）。

　　姬与余情爱甚挚，而耻为忮^{zhì}（妒忌）嫉之行，是以香影阁（与以下"香霏阁""秋雯阁"应皆为当时名妓居所，具体所指何人则不知）赠余<u>环花绡帕</u>（薄绢丝巾，"环花"或为四边绣花，或缀以花边），香霏阁赠余冰纨杂佩（以白色细绢连接的成串玉佩），秋雯阁赠余瓜瓤绣缕（或为丝瓜瓤织绣小配饰），姬皆什袭（一层层地包起来）藏之。又香霏阁寄余雕笼蝈蝈（养在雕

王维鋆辑本为"鬟"。

127　　　　　　　　　　　　　　　　　原文 & 注解

刻精致的小笼子里的蝈蝈）一枚，姬尤豢（喂养）爱不释，曰："窥墙掷果①，皆属人情。苟非粉郎香掾②，又谁过而问之者？"

余取次花<u>丛</u>③，屡为摩登④所摄。爰（于是）赋《柳梢青》词以谢之曰：

曳雪牵云，玉笼鹦鹉，唤掩重门。
曲曲回阑，疏疏帘影，也够销魂。

愁看照眼浓春，添多少香痕泪痕。
默默寻思，生生孤负，无数黄昏。

休蹙双蛾，鬘华倩影，好伴维摩。
娇倚香篝，话残银烛，闲煞衾窝。

更无人唱回波，只怕惹情多恨多。
叶叶花花，鹣鹣蝶蝶，此愿难么？

允庄曰："风流道学，不触不背⑤，当是众香国（原意是佛经中所记载的佛国，香气周流，这里比喻风月场所）中无上妙法（继续用佛经作比，即"无上甚深微妙法"，指高明微妙的处理态度）。"姬曰："飘藩堕溷（见前文"堕于藩溷"），千古伤心。君能现身（还是继续用佛学梗，诸佛菩萨显现各种形象，是为"现身"）接引（仍然是佛学用语，又作"摄引"，指诸佛菩萨引领众生往生净土）亦是情天善果。"余曰："安得金屋千万间，大庇天下美人皆欢颜耶？"（化用杜甫"安得广厦千万间，大庇天下寒士俱欢颜"）姬亦为之<ruby>辴然<rt>chǎn</rt></ruby>（欢笑状）。

①窥墙掷果

窥墙用战国时宋玉典故，掷果用西晋潘安典故，皆是女子主动向心上人传达爱慕之意。

"窥墙"也作"窥宋"，语出宋玉《登徒子好色赋》，是宋玉自言邻居家少女（东家之子）非常美丽，"登墙窥臣三年"，就是说趴在墙头瞅男主瞅了整整三年——这也真的很花痴了。

"掷果"是说潘安"美姿仪"，年少时揣着弹弓出城打猎，"妇人遇之者，皆连手萦绕，投之以果，遂满车而归"。——这是国民偶像的待遇嘛。

总之，小陈这里又借紫姬之言来暗示自己长得很不错。

②粉郎香掾

粉郎是指三国时何晏，香掾是指西晋时韩寿，都是有名的美男子，后用来指代帅哥。

何晏字平叔，是曹操的女婿，肤白貌美，以至于他的大舅子曹丕怀疑他涂了粉，不无恶意地大热天里请他吃热汤饼（面条），以验证他是不是天然美人。（至于验证结果，一说何晏虽然吃得汗如雨下，但还是干干净净，证明是纯天然无添加的好皮肤；但也有记载他"动静粉白不去手"，所以美貌是画出来的。）

香掾指韩寿，前面讲过他"偷香"的事迹。因为后来他丈人贾充让他做了"司空掾"一职（相当于分管水利建设的副总理的秘书），所以称他为"香掾"。

紫姬这句话的意思是，爱慕美人是人之常情，如果小陈不是美男子，谁会搭理他呢？

——就是小陈继续借紫姬之口来吹嘘自己的美貌呗。

③取次花丛

语出唐代诗人元稹著名的悼亡诗《离思五首·之四》：

曾经沧海难为水，除却巫山不是云。

取次花丛懒回顾，半缘修道半缘君。

意思是在"花丛"（指秦楼楚馆的佳人们）中来来回回地过，言下之意是"懒回顾"：不为任何一朵驻足。

这里当然是小陈又在暗暗地自我标榜和表扬，但同为悼亡文字，也有自陈"曾经沧海"之意。

④摩登

即"摩登伽女"，佛经中著名的痴情女子。

据佛经记载，摩登伽女是舍卫城首陀罗种姓的女子，在井边遇到佛陀的大弟子阿难，自惭形秽（印度种姓制度，首陀罗为贱姓），阿难秉持众生平等，受其布施。摩登伽女因此对阿难钟情，百般求娶，后为佛祖点化，割舍爱念，修成正果。

小陈在这里用这个典故，似乎只是说他被佳人爱慕，但仔细想想，意思却深，甚有内涵。

⑤风流道学，不触不背

这应该说是当时名士（也包括名媛）比较推崇的一种生活和感情态度，与一般想象中"古代"的生活方式可能不太一样。

根子上还是一种"中庸"和"平衡"的思想，在放浪形骸的"风流"和拘谨自律的"道学"之间寻得一种平衡，尤其是男女关系上。

在当时，男女大防的鸿沟其实已经得到了某种突破，特别是江南一带，涌现了大批才华和心气儿不输男子的女性，她们与男性的交往也不再仅限于家庭、亲属关系，而是有大量的诗文唱和、文字之交。（这一点在小陈和汪端的家庭中尤为突出，详见后附《家人小传》。）

所以这时男女交往讲究"不触不背"，既不突破礼教大防（这是"不触"），但也不严防死守古板无趣（这是"不背"）。可以说，虽然其中仍有某些扭曲和虚伪之处，但仍然算得上中国古代较为健康和清新的男女关系。

十三

　　余以乌鸟之私^①，惧官远域（不愿到远处做官），牛马之走（如牛马般奔走，一般指做仆役的琐事，这里和后面的"微劳"一样，都是自谦之语），历著（建立、成就）微劳。黄扉（原指宰相、三公等官署门涂黄色，后指朝中高官，即前文所说"阁部节使"之类）辱（谦辞，"承蒙"之意）国士之知（以"国士"待之的知遇之恩），丹诏（朝廷诏书、诏令）沐（蒙受）勤能（勤勉又有才干）之谕（上对下的文告），纶音（旨谕，这里指上司嘉勉的言辞或文书）甫（刚刚、才）逮（到达），吏议（官吏议事，多指责难非议）随之，絜（"洁"的异体字，指廉洁）养（供养父母）衔恩（意思是"承蒙恩典，能够清白廉洁地奉养父母"），未甘废弃（因"吏议"而终止所做事业）。长途冰雪，小队弓刀（"弓刀"原意指战事，这里是说因为处理漕盐之事，有时难免与前文所谓"枭""暴"之徒起冲突），急景凋年（时光飞逝，直至一年将

　　　　　　　　　　　　　原文 & 注解

尽），重尝（备尝、备受）艰险。

维时（当时）允庄忽染奇疾，淹笃（病势沉重）积旬（多日）。姬乃鸡鸣而起，即诣环花阁（应为汪端在陈家的居所）褰（qiān）帷（掀起帷帘，形容态度殷勤周到）问夜来安否。亲（亲手）为涂药进匕（侍膳）后，始理膏沐（梳洗）。扶持调护，寝馈俱忘（废寝忘食）。语余世母（叔母）谯国太君（方珠，字蕊仙，安徽桐城人。陈文述之弟陈文湛之妻，文湛早逝，方未三十而寡。方珠其父方文，其兄方懋嗣、方懋朝皆有诗名，本人也家学渊源，"诗笔清丽"）曰："夫人贤孝，闺中之曾闵②也。设有不讳（婉辞，指死亡），必重伤堂上（父母长辈）心，而贻（留下，致使）夫子（对丈夫的尊称，指陈裴之）忧。稽首慈云（观音菩萨），妾愿以身先之尔（即"以身代之"之意）。"

余时寄迹于东阳参军（不知为何人）绛云仙馆③，曾附书尾寄以近词曰：

年来饱识江湖味，今番怎添凄惋。
远树霾（wō）烟，残鸦警雪，人在黄昏孤馆。
更长梦短，便梦到红楼，也防惊转。
雁唳霜空，故乡何事尺书断？

书来倍萦别恨，道闺人小病，罗带新缓。

茗火煎愁，兰烟抱影，不是卿卿谁伴？

怜卿可惯，况一口红霞，黛蛾慵展。

漫忆扬州，断肠人更远。

　　姬时已得咯血症，讳疾不言，渐致沈笃_{chén}（病势沉重）。余以定省（探望问候父母长辈）久暌_{kuí}（违，未能履行），勾当（事情、事务）粗毕，醉司命（即腊月二十四，这一天有祭灶神的风俗，即为"醉司命"）夕，风雪遄（急速）归，而姬已骨瘦香桃（香桃木，言其清瘦嶙峋），恹恹（精神萎靡）床蓐_{rù}（原意是草垫子，这里指床铺）矣。

　　余自吏议不得留江（江都。因陈文述此时为江都知县，所以"吏议"陈裴之不应仍在扬州一带为官）后，姬曰："君此后江湖载酒（指出入风月之地，语出唐代诗人杜牧"落魄江湖载酒行，楚腰纤细掌中轻"），宜豫（同"预"，预先）留心一契合之人。"余诘其故，曰："君为尊亲所屈（屈留，甘于屈守），奉檄（受命。即前文所说在两淮都转盐运使幕下效力）色喜，自断不忍远离膝下（父母跟前）。但今既有此中沮_{jǔ}（中途破坏），或者改官远省。太夫人既惮长途，不能就（移就）养，夫人又以多病不去，我何忍侍君独行？且寒暑抑搔（按摩、挠痒，意思是伺候小病），晨昏侍奉，留我替君之职，即以摅_{shū}（纾解）君之忧。至君之起居寒暖，必得一解事（明白事理，懂事儿）者悉心护君，虽千山万水，吾心慰矣。"

此姬自上年十月以来，屡屡为余言之者。孰知黄花续命④之言，即为紫玉成烟⑤之谶（不吉利的预言、预兆）哉！

蓉湖（在江苏无锡）施生，隐于阛阓（huánhuì）（原意是街道、商铺，后指市井、民间）掷六木（应该就是六爻占卜，以竹木为卦签，掷六次，卜吉凶）以决祸福，闻有奇验。余就卜流年（旧时算命把人一年的运气称为"流年"）休咎（善恶、吉凶），生曰："他事甚利，惟不免破镜之戚⑥。"问能解否，曰："小星替月⑦可解也。"更请其他，曰："嘒（huì）（星光微小的样子）彼三五，或免递及之祸⑧。"

时平阳中翰（清代称内阁中书为"中翰"，亦称"内翰"。此"平阳中翰"不知为谁。）自淮南来，为姬推算，亦如生言。

爰（于是）就邻觋（xí）（巫师，卜者）陇西氏（李姓之人）占之，曰："前身是香界（佛寺，佛国；这里指仙界）司花仙史，艳（美慕，艳美）金玉之缘（匹配的良缘。当时《红楼梦》已颇为流行，故金玉良缘也成为习惯用法），遂为法华（妙法莲华，此处指佛力、神力）所转（迁徙，轮转；这里指落入人世，经历生死）。爰缘将尽，会当御风以归（乘风而去，离世的婉转说法）尔。"

允庄闻之，亟请于堂上。为余量珠购艳⑨，以应施生之说。

余曰："新人苟可移情，辄使桃僵李代，拊（抚，拍）

心自问，已觉不情（不近人情）。设令胶先续断⑩，香不返魂⑪，长留薄幸之名，莫（不能）雪（洗净，消除）向隅（对着屋子的角落，比喻孤独失望）之恨，更非我之所愿，又岂卿之所安（安心）哉？"

允庄曰："然则如何（怎样）而后可（合适）？"

余曰："姬素恋切所生（亲生父母），恒见望云兴叹⑫。还珠（指将紫姬送离，使其"还珠"父母之家）益算（算，同"算"；益算，指延年，增加寿命），此诚日者（占卜之人。原意是知天文之人，古代时以天象占卜，故用"日者"来称占卜之人）无聊（无稽，没有凭据）之极思（推演到极致）。然其徙倚（徘徊）绵延（连接不断，这里指紫姬病情反复，始终不愈），屡烦慈顾（长辈操心关照），每与言及，涕泗（落泪）不安，曷（同"盍"，何不）以归省（归家省亲，回乡看望父母）之计（计划），为伊却病之方乎？"

允庄颔之。乃为请于重闱，整装（收拾行李）以定归计焉。

①乌鸟之私

亦作"乌哺之私"或"乌私"，指奉养父母，回报父母养育之恩。

传说乌鸦出生时"母哺六十日"，长成后则"反哺六十日"，后用作为人子女回报父母恩情的典故。如晋李密《陈情表》："乌鸟私情，愿乞终养。"小陈在文中一再提及不愿到远处做官之事，就是为了奉养照料父母。

②曾闵

"曾"是指曾参，"闵"是指闵子骞，二人都是孔子的弟子，以孝行著称，后世便用"曾闵"指代纯孝贤德之人。

③绛云仙馆

当时和绛云相关的比较著名的典故，是钱谦益和柳如是在常熟的藏书楼，名为"绛云楼"，藏书之丰富，几乎可以与朝廷藏书相比。遗憾的是，顺治七年（公元 1650 年），绛云楼意外失火，藏书毁于一旦。

所以这里的"绛云仙馆"，或者是指这位"东阳参军"在袁江（今江西新余）的藏书和藏娇之处，也未可知。

因为未能考证出这位东阳参军是谁，所以以上只是个人猜测，聊备一格。

④黄花续命

"续命"指菖蒲，古代传说中岳嵩山有九节菖蒲，服之可以长生，所以后世便将菖蒲作为续命花，并有端午节饮菖蒲酒，以为续命酒的习俗。

而"黄花续命"用元末明初诗人杨维桢《菖蒲花辞》诗意："黄花落，菖花开，劝君续命酒，金琶声若雷。"指紫姬劝小陈在自己这将要凋落的"黄花"之外，另寻可以延年续命的"菖花"，也就是说另找一个红颜知己。

还需要注意的是，一般黄花都指菊花，但这里既然是与菖蒲先后开落，则应该是忘忧草，也就是黄花菜。

⑤紫玉成烟

用春秋时吴王夫差小女紫玉的典故，意为年少美貌的女子不幸夭折。

是说夫差的小女儿紫玉，爱慕一个叫韩重的少年。少年在不知情的情况下外出求学，紫玉抑郁而亡。

韩少年回来后，听说了公主对自己的恋情，便往坟前悼念。不料紫玉出现了，并送给他一颗明珠。而当少年想要拥抱她的时候，她就化作一阵轻烟消散了。

后世便常以"紫玉成烟"代指美人离世，而紫姬的名字里有个"紫"字，这个典故用得格外贴切。

原文 & 注解

⑥破镜之戚

夫妇分离的哀伤。

语出汉代东方朔《神异经》，是说有夫妇分别之时，将一面镜子剖开，各执一半，以期见面时为信物。

——其实这个故事细想是有些奇怪的，因为既为夫妇，则二人当已成年，重逢时岂会认不出彼此，还要把镜子合上来对暗号。所以这应该是夫妇分别时一个浪漫的誓约。

而后世便以"破镜"比喻夫妇分离，夫妇复合则是"破镜重圆"。而这里的"破镜之戚"，指的是夫妇生离死别。

⑦小星替月

"小星"指妾室。

出自《诗经·召南·小星》："嘒彼小星，三五在东。"原意是指东边天际星光寥落。但汉代郑玄注《诗经》，把这一句解释为"众无名之星随心（心宿）噣（柳宿）在天，犹诸妾随夫人以次序进御于君也"。于是后世便用"小星"来指妾室，而"众星捧月"也就有众妾室围绕正妻的意思。

因此，这里的"小星替月"，是指让妾室来替正妻承担"破镜"的灾厄。也就是说最终与小陈分离的，不是汪端，而是紫姬。

⑧嗜彼三五，或免递及之祸

这一句的意思比较隐晦。

"嗜彼三五"就是上面所说的"嗜彼小星，三五在东"一句，意思应该是暗示"小星"应该有个"三五颗"。

"递及之祸"中的"递及"是指延续传递，也就是祸事从汪端转到紫姬，而如果紫姬后面还有别人（嗜彼三五），则祸事可以继续往后传递。

⑨量珠购艳

晋代巨富石崇，曾用三斛珍珠买美人绿珠为妾，后世便以"量珠"比喻纳妾。

这里是说小陈的正室汪端听说占卜者所谓的"嗜彼三五，或免递及之祸"，便起心为小陈再纳一房妾室，以应"破镜之戚"。

后面小陈说的"李代桃僵"，也是这个意思，用另一个妾室来代替紫姬承受灾厄。

⑩胶先续断

用"鸾胶续弦"典故，出自汉代东方朔《十洲记》，"煮凤喙及麟角，合煎作膏，名之为续弦胶，或名连金泥，此胶能续弓弩已断之弦，刀剑断折之金"。

又因为多用"琴瑟"比喻夫妇，而琴瑟也是有弦的，所以后世以"鸾胶续弦"比喻男子续娶继室。这里是指在紫姬之外另纳妾室。

⑪香不返魂

用汉武帝"返魂香"的典故。一说是"弱水西国"进贡三枚香丸，大小如燕卵；一说是"西胡月氏国"进贡四两香，大小如鸡蛋。总之，这种香是用聚窟州（神话中的地名）人鸟山返魂树的根心，在玉釜中熬出汁液再煎制而成，焚香的香气可起死回生。

这里的意思是如果用了术士所谓"李代桃僵"的法子，仍然未能挽回紫姬夭折的命运，那么岂非还让她白白伤心一场。

⑫望云兴叹

用"望断白云"的典故，比喻思念父母。

出自《新唐书》，是说狄仁杰（对，就是那个"神探狄仁杰"）登太行山，看到远处白云飞过，对左右说，自己的父母家就住在白云之下。后世便用"白云之叹"或"望云之叹"比喻对父母的思念。

十四

四月（这一年是道光四年即 1824 年，陈裴之 30 岁，紫姬 22 岁）下浣五日，太夫人雪涕（擦着眼泪）命余曰："紫姬以归省之计，为却病之方，果如所言，实为至愿。惟值（正值，正遇上）江风暑雨（夏日暴雨），实劳（忧愁，愁苦）我心。汝可祷之于神，以决行止。"

余因祷于武帝庙（关帝庙）。其签诗曰：

贵人相遇水云乡，冷淡交情滋味长。

黄阁（见前"黄扉"注）开时延故客，骅骝（*huá liú* 赤红色的骏马，传说中周穆王"八骏"之一，后指代骏马）应得骋康庄（四通八达的道路）。

太夫人见有"骅骝""康庄"之语，以为道路平安，乃许归省。

孰知三槐堂①中，西偏（偏堂）楹帖（即楹联），大书深刻（原意是指大手笔书写，文字精辟深刻。这里是指大字书写，刻为竹木楹联）曰：“康庄骥足（骏马蹄足，比喻俊才）蹑青云。”

而姬殁后，停（停放）槥（hui）（棺材）适当其处。开我西阁门，坐我绿阴床，事后追思，如梦如幻，神能知之而不能拯之，岂苍苍（原意为辽远深阔，这里指苍天、冥冥间）定数，竟属万难挽回哉？

①三槐堂

应为紫姬家宗祠。

紫姬姓王，而王姓多以"三槐"为宗祠名，出自北宋名臣王祐。王祐因公正耿直，仕途蹉跎，曾于庭中种三棵槐树，言"吾之后世，必有为三公者，此其所以志也"。后其子王旦果然位列三公。

王旦之子王素在宗祠中植槐三株，并题为"三槐堂"。王素之子王巩请苏轼作《三槐堂名》，更是名闻天下。于是王氏宗祠多以"三槐"为名。

十五

紫姬行后，允庄寄以诗曰：

梅雨丝丝暗画楼，玉人扶病上扁舟。

钏松皓腕香桃瘦，带缓纤腰弱柳柔。

五月江声流短梦，六朝山色送新愁。

勤调药裹删离恨，好寄平安水阁头。

紫姬依韵和之，并呈太夫人诗曰：

风雨经春怯倚楼，空江如梦送归舟。

绵绵远道花笺寄，黯黯临歧絮语柔。

闺福难消悲薄命，慈恩未报动深愁。

望云更识郎心苦，月子弯弯系两头。

原文 & 注解

允庄又寄余诗曰：

问君双桨载桃根，残月空江第几村？

淡墨似烟书有泪，远天如水梦无痕。

晚风横笛青溪阁，新柳藏鸦白下门。

更忆婵媛支病骨，背镫拥髻话黄昏。

余依韵和之曰：

情根种处即愁根，纱浣青溪别有村。

伴影带馀前剩眼，捧心镜浥旧啼痕。

江城杨柳宵闻笛，水阁枇杷昼掩门。

回首重闱心百结，合欢卿独奉晨昏。

曹小琴（曹佩英，字小琴，江苏长洲人）女史读之叹曰：
"此二百二十四字，是君家三人泪珠凝结而成者。始知《别赋》《恨赋》（此二赋皆为南朝齐梁间文学家江淹所作）未是伤心透骨之作。"

十六

　　余于严慈（即父母，严父慈母合称）抱恙，每祷元化先生祠辄应，盖父母之疾可以身代（以己身代受），愚（此处为敦厚质朴之意）诚所结，先生（即"元化先生"，也就是华佗）其许我（接受我的请愿）也。姬人之恙，或言客（过去的）感（疾病感染，多指感冒、风寒）未清，积勤成瘵（zhài）（病），蚤（通"早"，过早地）投峻补（下猛药），误于凡医（庸医）之手。然求方之事，余又迟回（犹豫不定）不敢行。

　　六月十三日夜，姬忽坚握余手曰："君素爱恋慈帏，苟不畏此简书（文牍，指后文所说"阁部叙勋之奏"），从无浪迹久羁之事。今来省垣（省会，紫姬家在南京，故称"省垣"）者匝月（满月，整月）矣，阁部叙勋（上报功绩）之奏，昨日已奉恩纶（恩诏），指日（不日，不久）北行（上京，陈裴之于道光五年，即1825年，也就是下一年进京述职），亟宜归省。妾病已深，难期向（近，趋向）愈，支离（孱弱不堪状）呻楚，徒怆君心。愿他日（来日，其实紫姬此处是指自己死后）一纸书来，好收吾骨以归尔。"

余时甫得大人（父亲）安报，因慰之曰："子之贤孝，上契亲心，来谕（长辈给晚辈的文书亦称"谕"）命为加意调治，以期痊可偕归。明日当为子祷于小桃源元化先生祠，冀得一当（希望能够得到一张药方），以纾慈廑（廑，同"勤"；这里指廑念，即殷勤关切）。"

姬泣曰："拜佛求仙，累君仆仆（旅途劳顿状），吾未知所以报也。"

次日祷之，未荷赐药。次日又以姬之生平具疏（佛道拜忏时焚烧的祝祷文）上达，愿减微（自谦，微薄的）秩（俸禄，官职；意思是陈裴之愿意牺牲自己的仕途，换紫姬的寿命），以丐（赐予）馀生，俾（使）侍吾亲，谓先生（华佗先生。这里是指在华佗祠里祈祷、求赐药）其亦许我耶？始荷赐五色豆等味（就是说仍然没有抽到药方，但给了点补品），自此遂旦旦（每个早晨，即每一天）求之。

至十八日晚，得大人急递书，知太夫人客感卧床，姬亟呼郑、李两姬尽力扶倚隐囊（靠垫），喘息良久，甫言曰："妾病已可起坐，君宜遄（急速）归省亲，勿更以妾为念。"

言际清泪栖睫，更无一言，反面贴席，若恐重伤余心者。余时心曲（心绪）已乱，连泣额之。晨光熹微，策单骑出朝阳门（今南京中山门）。伤哉此日，遂为永诀之日矣！

十七

余于二十二日抵苏（此前一年陈裴之的祖父去世，其父丁忧，举家从扬州迁回苏州）。太夫人之恙，幸季父（叔父。陈裴之的叔父陈鸿庆，字谦谷，精通医理）治少瘳。惟头目岑岑（通"沉沉"），迷眩五色。余急祷于西米巷（今苏州西美巷）元化先生祠，赐服黄菊花十朵，遂无所苦。太夫人询姬病状，知在死生呼吸之际，命余即行。余以慈恙甫愈，请少留。

至二十六夜，姬恩抚女（养女）桂生（许桂，字月嫱，陈丽娜之女，由紫姬抚养）惊啼曰："娘归矣！"询之，曰："上香畹楼去矣！"太夫人疑为离魂之征也，陨（落）涕不止。余再四劝慰，太夫人曰："紫姬厌弃纨绮（精美的丝织品，纨是细绢，绮是有花纹图案的丝织物），宛然有林下风①。湖绵（湖州丝绵，明末清初诗人屈大均曾有"绵是湖州绵，茧是山东茧"的诗句，言其珍贵）如雪，则其所心爱也。年来侍我学制寒衣，缝

纫熨贴，宵分（半夜）不倦，我每顾而怜之。"因属世母谯
国太君、庶母静初夫人（萱笤，字静初，陈裴之父陈文述妾室）、
莩姊、苕妹辈为姬急制湖绵衣履。顾余曰："俗有冲喜之
说，汝可携去。能如俗说，留姬侍我，此如天之福也。"

至七月朔日（每月的第一天），得姬二十八日寄书，殷念
北堂（母亲，即陈裴之母龚玉晨。旧时以居室后北屋为妇女洗涤之
处，后用以代指母亲）病状，并遍询长幼起居。举室传观，方
以无恙为慰。初三制衣甫毕，堂上促余遄行。<u>伏风</u>（夏日的
<u>风</u>）阑雨（残雨），征途迢（远）滞（阻）。初六触炎（冒着酷
暑）登陆，曛黑（xūn　日暮，傍晚）入门。

王维楘辑本为"伏雨阑风"。

家人兮惝惶（zhǎng huáng　彷徨疑惧的样子），嫂侄兮含悲。易锦茵
以床垂兮，代罗帏以素帷[2]。魂飞越而足趑趄（zī jū　踌躇不前，行
走困难）兮，心震骇（hài　同"骇"，惊或惊骇之意）而肝肠摧（摧
怆、伤痛）。抚玉琴之在御兮，瞻遗挂之在壁[3]。怼（duì　怨恨）
琼蕊（yǐ）之无征兮，恨朝霞之难挹[4]。萃（聚拢）湫风（qiū　凉风）以
酸（酸楚）滴（滴漏，水声）兮，涉（经历）遐想兮仿佛（隐约
的痕迹）。

太原翁姥（紫姬母亲早逝，此应指其外祖父母，则可知紫姬
祖籍太原，故其姊瑞兰为《香畹楼忆语》作序时自称"太原瑞兰"）
流涕告余曰："儿（孩子，古文中的"儿"不一定指儿子）于
初四戌刻（晚七点至九点），不及待公子而遽（jù　突然）去（去

世）矣。”

呜呼！迟到两朝，缘悭（qiān）（欠缺）一面，抚棺长恸，痛如之何！

①林下风

形容女子飘逸脱俗的风致。

语出《世说新语》，是说当时有两位名媛为人称道，一位是谢道韫（就是谢安的侄女，咏柳絮的那位才女），嫁给王羲之的次子王凝之；一位是张玄之（一作张玄）的妹妹（一说名彤云，其实不可考），嫁入名门顾家。

既然二美并列，人们就难免要“庸俗”地比较一下。虽然东晋民风浪漫奔放，但名媛也不是随便抛头露脸给人品评的。恰好有一位比丘尼，平日与这些名门贵妇交好，就有人问她，觉得王夫人（谢道韫）和顾夫人（张小姐）谁更出色。

人家比丘尼能游走高门，自然是高手，回答说：“王夫人神情散朗，故有林下风气；顾家妇清心玉映，自是闺房之秀。”

这话十分滑头，看似说二人并列、不分高下，但“神情散朗”“林下风气”之说，显然更符合当时名士的审美。

吃瓜群众也是秒懂，心照不宣，但从此留下“林下风气”这个成语，用来形容才女佳人出尘的气质，又作“林下风”“林下风致”。

②易锦茵以床垂兮，代罗帱以素帷

语出西晋文学家潘岳（字安仁，没错，就是前面说过的那个号称史上第一美男子的潘安）写的《寡妇赋》。

锦茵是织锦的床垫，床垂指床沿；罗帱即"罗帷"，丝制的精美的帷幔，而"素帷"就是比较朴素粗糙的织物了。

把床上华丽的锦茵拿掉，只剩下光秃秃的床沿；将精美的丝质帷幔换成朴素的布帘。——这是家中有人去世后表示哀悼的规范操作，同时也烘托出凄婉的氛围。

③抚玉琴之在御兮，瞻遗挂之在壁

"玉琴在御"出自《诗经·郑风·女曰鸡鸣》："宜言饮酒，与子偕老。琴瑟在御，莫不静好。"原意是指夫妻间琴瑟和谐，美满幸福。用在这里，则是"琴在人亡"的哀恸之感。

"遗挂"指死者的遗物，语出潘岳（没错，又是他）的《悼亡诗》："流芳未及歇，遗挂犹在壁"，与"玉琴在御"同样表达一种"物是人非"的感伤。

④怼琼蕊之无征兮，恨朝霞之难挹

语出西晋大诗人陆机《叹逝赋》"对琼蘂之无征，恨朝霞之难挹"。"蘂"是"蕊"的异体字，琼蕊一说为美玉的精华，即

"玉英"，一说为如玉的仙葩，即"琼花"，总之都是仙家宝物。张衡《西京赋》有"屑琼蕊以朝餐，必性命之可度"之句，而此处的意思是"纵有琼花，不能延年"。

"朝霞难挹"的意思比较直观，无法将绚烂的朝霞捧在手中，也就是"霁月难逢，彩云易散"之意，感叹世间美好的人与事都不可长久。

十八

　　姬之逝也，太原翁姥专傔（侍从，"专傔"即派专人迎接陪同）至苏，余于中途相左（错过，未及相遇），至十二日傔自苏（苏州，陈裴之家中）归，赍（赐）奉（表示恭敬接受，大意是恭敬地接受［由仆人带来的］长辈所赐［书信］）大人（父亲）慈谕曰："七夕得三槐（三槐堂，见前注）书，知紫姬遽然（突然，忽然）化去，重闱（指陈裴之祖母查氏）以次（以下），无不悲悼。且屈指（计算）汝到相距两日，未必及视其敛（入殓，"衣尸棺曰敛"），尤为伤心之事。携去衣履，想已不及附棺（陪葬）。汝母云是所心爱，可焚与之。汝一切料量安妥后，即载其椟回苏，暂厝（停棺待葬）虎山（在苏州吴中区光福镇）后院，俾依汝祖灵以居（陈裴之的祖父陈时于前一年，即道光三年［1823年］八月初一去世，停棺虎山后院，所以这里说"依汝祖灵以居"）。今冬恭建先茔，当并挈之以归尔（陈家祖籍杭州，祖茔在杭州仁寿山，所以陈时和紫姬最终都要归葬杭州）。渠（方言第三人称，"他"或者"她"，此处指紫姬）四年中贤孝尽职，群（众人）无间言（非议）。去冬侍汝妇之疾，尤属不辞况瘁^{cuì}（憔悴、劳累）。至其淡泊宁静，夙为汝祖所称赏。今得首从先人（祖先）于九京①，在渠当亦无憾。汝母方为作小传（紫姬去世后，陈裴之的母亲龚玉晨为她作《紫姬小传》以纪念之，见附录），静初、允庄等皆有哀词（见附录）。汝宜爱惜身心，报以笔墨，俾与茜桃朝云②并传，当亦逝者之心也。"

呜呼！我堂上慈爱之心，无微不至，开函捧诵，感激涕零。畀太原举家（王家全家，即紫姬的家人们）读之，莫不凄感万状。余因恭录一通，并衣履焚之灵（灵柩）次（所在）。呜呼紫姬，魂魄有知，双目其可长瞑矣！

①九京

最初是指"九原"，春秋时晋国大夫的墓地，"其冢之高曰京，其地之广曰原"。后来泛指墓地。又进一步引申为"九泉"，即死者所往的"地下"。

②茜桃朝云

茜桃是北宋名相寇准的侍妾，生平不详，在史书中留下的记载，是她曾给寇准写了两首诗，婉转地劝谏寇准还是要节俭一点——寇准生活豪奢是很有名的。

两首诗如下：

一曲清歌一束绫，美人犹自意嫌轻。
不知织女萤窗下，几度抛梭织得成？

风劲衣单手屡呵，幽窗轧轧度寒梭。
腊天日短不盈尺，何似妖姬一曲歌？

寇准也和诗一首：

将相功名终若何，不堪急景似奔梭。
人间万事何须问，且向樽前听艳歌。

玩其诗意，是没有采纳茜桃的劝谏。但仍不失为一段佳话，茜桃也因此成为有见识的"贤妾"的代表。

朝云是北宋大文豪苏轼的爱妾，据传姓王，字子霞，钱塘人，苏轼被贬惠州时相随，死于惠州。苏轼有不少诗文都是写给她的，最有名的是一首《悼朝云》：

苗而不秀岂其天，不使童乌与我玄。

驻景恨无千岁药，赠行惟有小乘禅。

伤心一念偿前债，弹指三生断后缘。

归卧竹根无远近，夜灯勤礼塔中仙。

　　总之这两位都是因诗文为后世所知的名士之妾。所以小陈的父亲陈文述勉励他将紫姬的事迹记录下来，使之成为茜桃、朝云那样名垂后世的佳人。

十九

姬长发委地，光可鉴人，指爪皆长数寸，最自珍惜。每有操作，必以金弻（kōu）（原意是弓弩两端系弦的地方，后亦指指环、指套）护之。弥留之际，郑媪为理遗发，令勿轻弃，更倩（请）闰湘（其嫂，见前注）尽剪长爪（长指甲），并藏翠桃香盒（香盒类似于香包，装香料，随身携带或悬挂，"翠桃"言其翡翠质地，雕刻桃花或桃实）中。

闰湘曰："留以遗公子耶？"含泪点首者再。叩（询问）其遗言，曰："太夫人爱我甚至（至深至极），起居既安，必命公子复来。惜我缘已尽，不能少（稍）待为恨尔。"

太夫人素性畏雷，余与允庄、紫姬每逢夏夜风雨，辄急起，整衣履，先后至太夫人房中，围侍达旦。

今年七月三夕，姬病卧碧梧庭院，隐闻雷声，辄顾李媪（不知为何人，应是亲眷或老仆）等曰："恨我远离，不能与主

原文 & 注解

人同侍太夫人尔。"未及周辰（一天），遽尔化去。病至绵

^{chuò}
惙（亦作"绵缀"，病势沉重、气息仅存），而其爱恋吾亲若此，

悲哉痛哉！

二十

　　允庄闻姬凶耗，寄余书曰："姬之恩抚女（养女）桂生，已奉慈命为持三年之服[1]。至其平日爱抚孝先（陈葆庸，陈裴之与汪端之子，原名孝先），无异所生，业（业已，已经）为持服（服丧）。如有吊者，应报素柬（治丧人家致吊唁者的"谢帖"），亦已请命堂上，可书'嫡子孝先稽颡^{qǐ sǎng}'[2]，云云。"

　　并寄挽联曰：

　　四年来孝恭无忝^{tiǎn}（无愧），偏教玉碎香销，愚夫妇触境心酸，遗憾千秋，岂独佳人难再得[3]

　　两月中消息虽通，只恨山遥水远，慈舅姑（公婆）倚闾（原指里巷的大门，后指路口）望切，芳魂一缕，愿偕公子蚤同归

　　　　　　　　　　　　　原文 & 注解

同人叹为情文相生，面面俱到。芳波大令（陶焜午，见前注）曰："素柬以嫡子署名，吾家庶大母（"大母"即祖母，庶大母则为祖父之妾室）之丧，先大父（祖父）太守公（陶金谐，陶焜午祖父，曾任江华知县，故称"太守公"）曾一行之（曾有此做法）。今君家出自堂上及大妇之意，尤为毫发无憾。"

①三年之服

中国古代礼法规定，为父母要服丧三年（因为孩子出生后，父母也要提携捧负地照顾三年，所以定下这么一个时间段），称为"三年之服"，有各种生活起居上的禁忌，以示哀悼之情。

但因为紫姬不是正室，即使是她抚养的养女，理论上来说也是不需要为她服丧的，这里让桂生服丧三年，是对紫姬表示尊重之意。

②嫡子孝先稽颡

稽颡是古代的一种拜礼，屈膝、下拜，额头触地，极之郑重。

这里是说，在给来吊唁的亲友的致谢回帖上，由小陈和汪端的儿子孝先署名，自称"嫡子孝先"。

今天的人们可能意识不到此举的惊世骇俗之处。小陈是陈文述的嫡长子，孝先是小陈的嫡长子（其兄孝如早夭）。中国古代重嫡重长，而紫姬只是小陈的妾室，她的葬礼孝先是可以不出面的，更不要说在谢帖上署名"嫡子孝先"，这同样是陈家表达对紫姬的爱重。

所以后面小陈的朋友陶焜午（不无得意地）说，妾室的葬礼由嫡子署名谢帖的情形，他家也曾发生过一次。——由此可见此举是被认为非常有人情味，非常宽厚温情的。

③佳人难再得

语出《北方有佳人》：

北方有佳人，绝世而独立。
一顾倾人城，再顾倾人国。
宁不知倾城与倾国，佳人难再得。

据传是汉代著名音乐人李延年所作，咏其姊的美貌，其姊便是汉武帝的宠妃李夫人。而李夫人后来夭亡，也使"佳人难再得"一语成谶。

二十一

金沙延陵女史（吴规臣，字飞卿，一字香轮，江苏金坛人），工诗善画，秀笔轶伦（超群，超出同辈）。所得润笔（原意是写字前用水将毛笔润开，后指为人书写字画诗文的报酬）之资，以赡老母幼弟。尤工剑术，韬晦不言。人以黄皆令[①]、杨云友[②]一流目之，不知为红线[③]、隐娘[④]之亚（仅次于，不输于）也。病中闻紫姬之耗，寓（寄）书（信）于余，发函伸纸，上书"萼绿华来无定所，杜兰香去未移时[⑤]"一联。

跋曰："紫湘仁妹（此用法同"仁弟"，对年少者的尊称），蕙心纨质，旷世秀群。余每见于芜城官舍（吴规臣是从陈文述学诗的女弟子，当时陈文述为江都县令，故应常于"官舍"见紫姬），爱不忍去。曾仿月娇遗迹，画兰十二帧，以作美人小影。今闻彩云化去（化去，指成仙；"彩云化去"即乘彩云而升仙，是去世的隐晦说法），不觉清泪弥（满，遍）襟。以妹之恭孝无忝，具详允庄大妹所撰挽联。人（这里是自指）不间（参与）于高堂（父母，这里指陈裴之的母亲龚玉晨）大妇（正室，指汪端）之言（指龚玉晨撰《紫姬小传》、汪端撰《紫姬哀词》及挽联），无俟再下转语（解释的话）。爰（于是）书玉溪生（晚唐诗人李商隐，号玉谿生，一作"玉溪生"）句，俾知慧业（有慧根的业缘）生天（转生天道），以摅云弟（陈裴之字小云，估计吴年长于陈，故称陈为"云弟"）梨云⑥之感 hàn（通"憾"）。此于《香祖楼》（见前"青容院本"注）后又添一重公案（原指疑难案件和由此衍生出的"公案小说"，这里指足以写成话本和剧本的传奇美谈）矣。"

又一行曰："姊以病中腕怯，不得纵笔作书，可觅一善书者捉刀（代笔）为幸。"

余因倩（请）汝南探花（周开麒，字石生，江苏江宁人，道光三年探花）仿簪花妙格，书之吴绫（吴江出产的丝织品），张（展开挂起）诸座右（这里应该是指灵柩右侧）。此与昭云夫人（陈滋曾，字妙云，钱塘人，陈文述女弟子，擅篆隶）篆书《林颦卿葬花诗》（即《红楼梦》中黛玉的《葬花吟》，宝玉赠黛玉表字"颦颦"，故称"林颦卿"）以当薤露⑦ xiè者，可称双绝。

词坛耆隽（见前注），嬴（满，皆）锡（赐）哀词。摅余怆情，美不胜屈（屈指数）。

至挽联之佳者，犹记扶风观察云：

别梦竟千秋，金屋昙花逢小劫

招魂刚七夕（古代传说，死者去世后第七天，灵魂会返回家中，即所谓的"头七"），玉箫明月^⑧认前身

巢湖太守云：

司马湿青衫^⑨，盖世奇才，哪识恩情还独至

修蛾（即嫦娥）归碧落（道家称东方第一重天为"碧落"，后指天空，天际），毕生宠遇，从知福慧已双修

高平都转云：

玉帐（古代主帅之帐，这里指前面所谓"阁部节使"等朝廷大员所驻之地）佩麟符（麟形符节，这里指陈裴之为朝廷重用），曾记潞州传记室（见前"红线"注）

兰台^⑩抛凤管（笙箫），空教司马忆清娱

清河观察（或为张之杲，字东甫，泰州知州）云：

倚玉寋芳，记伊人琼树雁行^⑪，花叶江东推独秀

吡鸾靡凤^⑫，送吾弟金闺鸦荐^⑬，风沙冀北叹孤征
é mǐ

渤海令君（欧阳炘，见前"六一令君"注）云：

迎来鸾扇女，美前程月满花芳，奈银屏月缺花残，憔悴煞镜里情郎，画中爱宠

归去鹊桥仙，生别离山迢水递，赖锦字（锦字书，指情侣之间的信件）山温水软，圆成了人间艳福，天上奇缘

渤海、清河两君，有蹇修（媒人，陈裴之娶紫姬，欧阳炘做媒）葭莩 jiā fú（姻亲，张之杲娶紫姬之姊为妾），之谊，抚今悼昔，故所言尤为亲切。

及见申丈挽联云：

公子固多情，也为伊四载贤劳，不辞拜佛求仙，欲把精虔回造化

佳人真有福，堪羡尔一堂宠爱，都作香怜玉惜，足将荣遇补年华

金曰："离恨天（道教宇宙设定的第三十三重天，也就是最高一级，后用来比喻情侣生离死别、抱恨终身的处境）中，发此真实具足（佛教用语，意为"充分圆满"）语。白甫此笔，真有炼石补天之妙！"

又鹅湖居士（不知何人，觉得有可能是《老狐谈历代丽人记》的作者"鹅湖逸士"）用余丙子年（嘉庆二十一年，即1816年）题铁云山人（舒位，字立人，号铁云，诗文书画俱佳，为陈文述的至交）无题旧作"昙花妙谛（精妙真谛，往往可意会而不可言传，如昙花一现的光华）参居士，香草离骚（屈原作《离骚》，多以香草美人自比高洁）吊美人"之句，书作挽联，既见会心（领会，深知心意），又添诗谶，钗光钏响，触拨潜然。

①黄皆令

黄媛介，字皆令，浙江嘉兴人，明末才女，书画皆工，诗文亦佳，曾以教授闺塾和卖字画为生，与当时名士如吴伟业、钱谦益等人交游，于朝代更替之际历经困苦，自食其力，为后人称道。著作颇丰，可惜大多散失。

②杨云友

杨成岫，字云友，一字慧林，钱塘人，明末才女，时称诗、书、画"三绝"，名士汪汝谦的红颜知己，家贫，父亲去世曾鬻书画为生，供养寡母，为世人称道。世人传说她曾嫁大书画家董其昌为妾，李渔还据此写了传奇剧本《意中缘》。但实际上，杨遇人不淑，郁郁而终，汪汝谦为营后事。

将吴规臣比作黄、杨二人，因其面对命运困境时自食其力，安葬翁姑，奉养寡母，抚养幼弟，与二人的事迹相仿。

③红线

唐传奇中的侠女，唐代宗时潞州节度使薛嵩的"内记室"（相当于女秘书），薛与魏博节度使田承嗣有过节，红线潜入田府，盗取金盒以示警告（意思是"我能轻易夜盗金盒，就能同样轻易取你首级"）。

故事虽为虚构，却广为流传，红线也因此成为侠女的代言人。

④隐娘

聂隐娘，与红线同为唐传奇中的侠女。

出自裴铏所作传奇，魏博大将军聂锋的女儿聂隐娘，幼时被高人抚养，修成绝世武功，后投陈许节度使刘昌裔，两度挫败刺杀刘的阴谋，事了拂衣去，深藏身与名。

故事同样是虚构的，但这个人物也深受喜爱，成为侠女的代表。

⑤萼绿华来无定所，杜兰香去未移时

出自李商隐《重过圣女祠》：

> 白石岩扉碧藓滋，上清沦谪得归迟。
> 一春梦雨常飘瓦，尽日灵风不满旗。
> 萼绿华来无定所，杜兰香去未移时。
> 玉郎会此通仙籍，忆向天阶问紫芝。

"萼绿华"是传说中的仙女，东晋时曾人间一现；"杜兰香"也是传说中的仙女，汉代时曾下降凡尘，经历一番。同时"萼绿"和"杜兰"又都是珍贵的花卉，"华来""香去"可作花开花落解，而"华来无定所""香去未移时"，写其无常和可叹。所以这一联用作挽联，是十分合适的。

⑥梨云

此处用唐代诗人王建"梦梨云"的典故。

王建曾经梦到空中一片梨花，雪白芬芳，醒来后写了一首《梦好梨花歌》：

> 薄薄落落雾不分，梦中唤作梨花云。
> 瑶池水光蓬莱雪，青叶白花相次发。

不从地上生枝柯，合在天头绕宫阙。

天风微微吹不破，白艳却愁香浥露。

玉房彩女齐看来，错认仙山鹤飞过。

落英散粉飘满空，梨花颜色同不同。

眼穿臂短取不得，取得亦如从梦中。

无人为我解此梦，梨花一曲心珍重。

其实这首诗写得相当一般，但这个梦确实是美丽又迷幻。而这里所谓"梨云之憾"，指的是紫姬早夭，仿佛梦里空花的悲哀。

⑦薤露

汉代流行的一首挽歌：

薤上露，何易晞。

露晞明朝更复落，人死一去何时归。

后用来代指挽联、挽诗和挽歌。

⑧玉箫明月

此处用唐代名妓玉箫的故事。

唐代名臣韦皋出仕之前，曾与名妓玉箫相恋，赠玉指环一枚，后韦皋出仕不归，玉箫绝食而死，戴指环入葬。

韦悔恨不已，常悬玉箫画像于室内，果真精诚所至、金石为开，一个明月之夜，玉箫魂魄来见，相约十三年后再续前缘。

十三年后，韦得到一个歌姬，与玉箫容貌相似，指间有肉瘤如指环，便知是玉箫转世。

后世便以"玉箫明月"形容两情相悦、生死不渝，并寄托对有情人再续前缘的期许。

⑨司马湿青衫

用唐代诗人白居易《琵琶行》诗句：

座中泣下谁最多，江州司马青衫湿。

《琵琶行》的故事众人皆知，诗人在浔阳江头偶遇"老大嫁作商人妇"的歌姬，听曲，怀旧，感伤，彼此慰藉，成为中国古代文化史中诗人与美人心灵相通、惺惺相惜的一幕经典的动人场景。

诗写到这里其实已臻极致，但还是有后世的文人不肯故事就此戛然而止，于是有人写了传奇剧本，衍生出白居易与琵琶女悲欢离合的爱情故事。

虽然这种衍生有点多余，但也算寄托了人民群众的美好想象吧，倒是使得这副挽联里这一句"司马青衫湿"特别贴切起来。

小陈此时的身份是"同知衔候选通判"，相当于州一级的长官，所以时人多称"小云司马"，如徐尚之为其作传即名为《陈小云司马传》，所以很是当得起一句"司马青衫湿"。

⑩兰台

兰台本意是御史台或秘书省的雅称，小陈一直做的就是秘书一类的工作，所以这里是对他身份职务以及功绩的表述。

同时，"兰台"也是文学史上一个风雅的意象，传说楚国有兰台，宋玉曾伴襄王在兰台游乐，而楚襄王梦中与巫山神女相会的典故，又使得"兰台抛凤管"有神仙眷属、一梦成空的意思，非常适合作挽联。

⑪琼树雁行

语出唐代诗人章孝标《赠刘宽夫昆季》一诗中"雁行云掺参差翼，琼树风开次第花"一句。

原诗是这位"刘宽夫"兄弟三人同时及第的贺诗，这句更是被后世用来形容一门手足都很优秀，简化一下就是"琼树雁行"。

而这里是说紫姬姊妹十人都是"独秀江东"的佳人。

因为写这副挽联的张之杲，娶了紫姬的四姊，所以他写一句"琼树雁行"特别贴切。

⑫吪鸾靡凤

典出传说中春秋著名乐师师旷所著《禽经》："凤靡鸾吪，百鸟瘞（埋葬）之。"西晋张华注曰："凤死曰靡，鸾死曰吪。"

所以"吪鸾靡凤"的原意就是鸾凤之死，后来引申为人去世的委婉说法，多用于挽诗挽联。

⑬鹗荐

典出《后汉书》所载孔融《荐祢衡表》："鸷鸟累百，不如一鹗。"

意思是普通猛禽养上百只，不如养一只鹗。——这里的"鹗"即我们日常所说的"鱼鹰"，古人认为它"翔于水上，扇鱼令出"，是十分有价值的猛禽。

后世便以"鹗荐"比喻举荐贤才，这里是指小陈被推荐即将入京述职的事儿，总之还是在夸赞小陈有出息。

二十二

姬疾革（病情危急）夜，语其季嫂（排行最幼为"季"）缪玉真曰："我仗佛力归去，当无所苦。公子悼我，第（但）请以堂上为念，扶持调护，宜觅替人（替我之人）。公子必义不忘我，皈向（趋向）者要（应该）不乏人（不缺人）耳。"

玉真泣陈如此，余方凄感欲绝，鸿消鲤息（断绝音信，死亡的婉转说法），洵（实在，真的）有如姬所云者于乎？

紫姬来去湛然（通透安适），解脱爱缘，逍遥极乐，幸勿以鄙人（自称）为念。所悲吾亲无人侍奉，所喜吾儿渐已长成，承重荫（先人、亡者的遗泽恩典）之孔（很）长，冀门祚（家世）之可寄（使家人可以依附）。余则心芽（心中萌生的念头，一般指绮念）不苗，性海（佛教把理性意识之海叫作"性海"，这里应该是指"人性欲望之海"）无波，且愿生生世世弗（不）作有情之物矣。

<h1 style="text-align:center">二十三</h1>

余自姬逝后，仍下榻碧梧庭院。翠桃香盒，泣置枕函（中间可以藏小物件的枕头）。空床长簟（竹席），冀以精诚致之[1]。然鳏目（即"鳏鳏目"，忧愁不寐的眼睛）炯炯，恒至向晨，虽有鸿都少君之术[2]，似亦未易措置（安排）也。

犹忆七月四日兰陵（在今常州武进）舟夜，梦姬笑语如平时。寤后纪以词曰：

王维鋆辑本为"待"。

喜见桃花面，似年时，招凉纳月，竹西池馆。

豆蔻香生新浴后，茉莉钗梁暗颤，恰小试玉罗衫软。

照水芙蓉迷艳影，问鸳鸯甚日双飞惯？

低首弄，白团扇。

星河欲曙天鸡唤。乍惊心，兰舟听雨，翠衾孤展。

重剪银镫温昔梦，梦比蓬山更远，怎醒后莲筹偏缓。

谩讶青衫容易湿，料红绡早印啼痕满。

荒驿外，五更转。

　　时堂上属琅琊生（应为王嘉禄，字井叔，江苏长洲人，陈裴之好友），偕行，读之叹曰："此种笔墨，无论识与不识，皆知绝佳，惟觉凄惋太甚耳。"余亦嗒然（失意的样子）。

　　孰知兰陵入梦之期，即秣陵离尘（离世）之夕。帐中环佩，是耶非耶？其来也有自（有其原因），其去也又何归耶？肠回目极（极目远望），心酸泪枯。姬倘有知，亦当呜咽。

①以精诚致之

此处化用白居易《长恨歌》诗句：

临邛道士鸿都客，能以精诚致魂魄。

原诗是写唐明皇思念杨贵妃，不能忘情，"悠悠生死别经年，魂魄不曾来入梦。"于是便有"临邛道士鸿都客"（有人考证是指唐代著名天师袁天罡），为寻觅杨贵妃魂魄所归。

这里用来指因思念而梦中相见。是说紫姬去世后，小陈希望自己"精诚所至"，能与紫姬在梦中一见。

②鸿都少君之术

即招魂术。

"鸿都少君"是指汉代著名道士李少君，据说他曾为汉武帝招李夫人的魂魄，于轻纱帐中一见，仿佛生时。后世便把招魂术称为"鸿都少君之术"。

二十四

姬素（平素，一直）豢（豢养）狸奴（猫的别称）名瑶台儿，玉雪可念。余初访碧梧庭院，辄依余宛转不去。姬酒半偶作谐语（戏言，玩笑话），闰湘纪以小词曰"解事雪狸都爱你，眠香要在郎怀里"者是也。洎（及，到）姬归省（回家探望父母，这里是指紫姬回家养病），闰湘犹引前事相戏。

姬逝后，瑶台儿绕棺悲鸣，夜卧茵（垫子，指棺材下的垫子）次（旁）。噫嘻！物犹如此，余何以堪①！

原文 & 注解

①物犹如此，余何以堪

化用南北朝时辞赋大家庾信《枯树赋》的名句：

昔年移柳，依依汉南；

今看摇落，凄怆江潭；

树犹如此，人何以堪。

意即物是人非之时，无情之物也难免凄怆感伤，何况有情之人。

而这里的"物"指的是紫姬养的猫咪，意思是紫姬之死，连小动物都如此悲伤，自己更是难以承受。

二十五

　　姬冰雪聪明，靡不（无不）淹（深入）悟，类多（大多，大抵）韬匿（收敛、隐藏）不言。

　　先大父（去世的祖父）奉政公（陈裴之的祖父陈时去世后加封奉政大夫，因此称他为"奉政公"。奉政大夫是清代给文官的一种荣誉头衔，相当于正五品待遇）夙精音律。藻夏兰宵（七月之夜，七月又称"兰月"，"兰藻"往往并称），季父恒约僚客于玉树堂（应为陈家宴客之处），坐花觞月（举杯邀月，即月下饮酒），按谱征歌（招歌妓助兴）。奉政公北窗跂脚（垂足坐），顾而乐之。芙蓉小苑，花影如潮，一抹银墙，笛声隐隐。姬遥度为某阕（词曲一首为一阕，又一段为一阕，如"上阕""中阕""下阕"）某误，按（考察）之不爽（差）累黍（极微小的量。古代曾以黍粒为最小计量单位，不爽累黍，即误差不超过几颗黍粒）。

　　邗江（扬州）乐部（掌管音乐的机构），夙隶（隶属）尚衣（织造局），岁费金钱亿万计，以储钧天之选①，吴伶（伶人，艺人）负盛名者咸（皆，都）骛（wù）（鸭子。这里是"骛赴"之意，从四方聚集）焉。试灯（未到元宵时张灯，谓之"试灯"，泛指为佳节做准备）风里，选客称觞（举杯祝酒），火树星桥[2]，鱼龙曼衍（指各种演出同时进行，"鱼龙"是古代百戏的统称），五音繁会，芳菲满堂[3]。余于深宵就舍（回屋休息），询姬今日搬演（表演，演出）佳否，姬辄微笑不言。盖太夫人素厌喧嚣，围炉独酌，姬虞（担心）孤寂，占袖侍旁，虽慈命往观，低徊不去，以是彻夜笙歌，未尝倾耳（侧耳听）寓目（过目，过眼）。

余今后闻乐拊心（fǔ）（抚胸，意为怅恨，慨叹），哀过山阳邻笛[4]矣。

①钧天之选

"钧天"是古代传说中天庭中央，为天帝所居，后亦指人间的帝王。而"钧天之乐"，即"天上之音"，形容音乐之美犹如仙乐。

所以这里的"钧天之选"有两重意思，一是说乐部的音乐和艺人是为天子准备的，一是说其造诣之高，仿佛钧天之乐。

②火树星桥

正月十五的灯火，装饰树木璀璨如火，点缀桥梁仿佛群星聚集，后也泛指一切佳节的灯火。

出自唐代诗人苏味道《正月十五夜》一诗：

火树银花合，星桥铁锁开。

暗尘随马去，明月逐人来。

游妓皆秾(nóng)李，行歌尽落梅。

金吾不禁夜，玉漏莫相催。

③五音繁会，芳菲满堂

出自屈原《楚辞·九歌》之《东皇太一》中的诗句：灵（神明）偃蹇(yǎn jiǎn)（态度高傲）兮姣服，芳菲菲兮满堂。五音纷兮繁会，君欣欣兮乐康。

"五音"指中国古代传统音乐中"宫商角徵羽"五声音阶，"五音繁会"即盛大恢宏的音乐演奏。"芳菲满堂"既是形容繁花满室，香气袭人，也是形容佳客满堂，衣香鬓影。

④山阳邻笛

三国魏嵇康、吕安被司马昭杀害后，他们的好友向秀路过嵇的山阳旧居，听到邻人的笛声，思念亡友，写了一篇《思旧赋》。后世便以"山阳笛"或"山阳邻笛"比喻触景生情，悼念亡人。

原文 & 注解

二十六

姬如出水芙蓉，不假（借助）雕饰，当春杨柳，自得风流。太夫人恒（经常）太息（叹息）曰："韶颜稚齿（青春美貌），素服淡妆，秀矣雅矣，然终非所宜也。"

壬午（1822年）初夏，鸾尾娇春（芍药花开时节，芍药别名"鸾尾春"），将侍祖太君（陈裴之的祖母查夫人，名乐安）为红桥（在扬州北门外，又名"虹桥"，以芍药著名）之游。萼姊、苕妹辈争为开奁（妆奁，化妆箱、首饰盒）助妆。璧月流辉，朝霞丽彩，珠襦（原意是不过膝的上衣，后指"襦裙"，即女子的服装。"珠襦"言其华丽）玉立，艳若天人。

陇西郡侯（李鸿宾，字象山，当时的湖广总督，故称"郡侯"）眷属，时亦乘钿（在器物上镶嵌金银珠宝，言其华贵）车来游，遇于筱园（扬州名园，芍药最盛，当时扬州春游赏芍药的路线，一般是从红桥到筱园再到平山堂）花际，争讶曰："西池（即瑶池，传说中西王母所居）会耶？南海（传说中观音所居）游耶？彼奇服旷世骨象（骨骼相貌，这里指容颜体态）应图（仿佛画中）者，当是采珠神女（海中仙子），步蘅_{héng}薄（芳草丛生之地）而流芳也。"

　　计姬归余四年，见其新妆炫服，只此一朝而已。罗襟（罗衣，丝衣）剩粉，绣袜馀香，金翠（黄金与翠玉，泛指首饰）丛残（凌乱，无人收拾），览之陨涕（落泪）。

二十七

姬最爱月，尤最爱雨。尝曰："董青莲谓月之气静^①，不知雨之声尤静。笼袖熏香^②，垂帘晏_{yàn}坐（安坐，闲坐）檐花（屋檐处的花枝）落处，万念俱忘。"

余因赋《香畹楼坐雨》诗曰：

剪烛听春雨，开帘照海棠。

玉壶销浅酌，翠被罩馀香。

恻恻新寒重，沉沉夜漏长。

宛疑临水阁，无那近斜廊。

清福艳福此际消受为多。今春《香畹楼坐月》词则曰：

蟾漪浣玉，人影天涯独。

镜槛妆成调钿粟，应减旧时蛾绿。

归来梦断关山，卷帘暝怯春寒。
谁信黛鬓双照，一般孤负阑干。

又《香畹楼听雨》词曰：

梦回鸳瓦疏疏响，镫影明虚幌。
争奈此夜客天涯，细数番风况近玉梅花。

王维鎜辑
本为"禁"。

比肩笑向巡檐索，怕见檐花落。
伤春人又病恹恹，拼与一春风雨不开帘。

萧黯之音，自然流露。云摇雨散，邈若山河。从此雨晨
月夕，倚枕凭阑，无非断肠之声，伤心之色矣。

①董青莲谓月之气静

董青莲即董小宛，冒辟疆在追忆董小宛的《影梅庵忆语》中曾写道：

> 姬最爱月，每以身随升沉为去住。……语余曰："吾书谢希逸《月赋》，古人厌晨欢，乐宵宴。盖夜之时逸，月之气静，碧海青天，霜缟冰净，较赤日红尘，迥隔仙凡。人生攘攘，至夜不休，或有月未出已鼾（鼻息）睡者，桂华露影，无福消受。与子长历四序（四季），娟秀浣洁，领略幽香，仙路禅关，于此静得矣。"

②袖笼熏香

这里的熏香，指的是放在熏笼里的熏香。"熏笼"是熏炉配套用的笼形器物，罩在熏炉上，一般用竹木制成，也有用陶瓷或金属。

古人往往将衣物搭在熏笼上，使熏香的味道渗透到衣物中。

但这里"笼袖熏香"，指的是靠着熏笼而坐，衣袖自然而然地搭在熏笼上，香气隔着衣物传来，更幽微缥缈，也更高雅。

二十八

余以樗^{chū}散之才①，受知于阁部（孙玉庭，见前注）河帅（黎世序，字景和，时任江南河道总督），节使都转（钱昌龄，见前注）暨琅琊（王凤生，字竹屿，时任嘉兴知府，协理两淮盐务）、延陵（吴光悦，字星乙，曾任处州知府）两观察，河渠戎旅（陈裴之作为幕僚，协理的河防和盐务，都是比较敏感的区域，管束严格，有时需调动当地驻军，因此称"戎旅"），不敢告劳。然出门一步，惘惘有可怜之色。迨^{dài}（等到，及至）过香巢（佳人所居，相当于说"爱的小窝"），益萦别绪，凄怀酿结，发为商音（五音中的商声，其声悲凉哀怨）。犹忆壬午（1822年，道光二年）初秋，下榻碧梧庭院，寄姬芜城词曰：

新涨石城东，雪聚花浓。

回潮瓜步动寒钟。

应向秋江弹别泪，长遍芙蓉。

金翠好房栊，燕去梁空。

开窗偏又近梧桐。

叶叶声声听不得，错怪西风。

又于纫秋水榭对月寄词曰：

深闺未识家山路，凄凄夜残风晓。

雾湿湘鬟，寒禁翠袖，曾照银屏双笑。

红楼树杪。怕隐隐迢迢，梦云难到。

万一归来，屋梁霜霁画帘悄。

凭阑愁见雁字，问书空寄恨，能寄多少？

水驿镫昏，江城笛脆，丝鬓催人先老。

团圞最好。况冷到波心，竹西秋早。

待写修蛾，二分休瘦了。

香影阁主人读之，怃然（惆怅状）有间（一会儿），曰：

"此时此际，月满花芳，偶尔分襟（离别，亦作"分袂"），怆怀如许。阳关三叠②，河满一声③，恻恻动人，声声入魄，

王维鍪辑
本为"破"。

用心良苦，其如凄绝何？"

余初出于不自觉，闻此乃深悔之。频年（数年）断梗（漂泊不定，聚少离多），转眼空花，影事如尘，愁心欲碎。玉溪句云："此情可待成追忆，只是当时已惘然④。"霜纨（素绢）印月（月光照耀），锦瑟凝尘，断墨（残缺不全的书页）丛烟（凌乱的焚香之迹。此处并非实指，而是渲染凄凉的氛围），益增碎琴焚研⑤之恨。

①樗散之才

谦辞，自比闲置不用的废柴。

语出《庄子》。

《逍遥游》一篇中提及一种大树，叫作"樗"，长得曲里拐弯奇形怪状，没法做成任何东西，也不方便砍伐堆放，所以在路边长得高高大大，也没有工匠和伐木人理睬，所谓"大而无用"。

《人间世》一篇中提及一种木材，被称为"散木"，做船就沉，做棺材就朽，做器物很快就磨损了，做柱子转眼就被虫子啃了，"无所可用"，所以能长得无比巨大，也没人砍伐。

后世便用"樗散之才"比喻没用的人，多用于自谦。

②阳关三叠

根据唐代大诗人王维的七绝《送元二使安西》谱写的著名琴曲，

原曲谱已经失传，但想必很是凄怆婉转。

诗云：

渭城朝雨浥轻尘，客舍青青柳色新。

劝君更尽一杯酒，西出阳关无故人。

因此又名《渭城曲》或《阳关曲》。

"三叠"是古代琴曲的曲法，某句反复再三，称"三叠"，也作"三迭"。

③河满一声

"河满"即《何满子》，唐代教坊名曲，传说是一位名叫"何满子"的歌手临刑前的绝唱，凄绝动人。

唐代诗人张祜有一首著名的《宫词》：

故国三千里，深宫二十年。

一声河满子，双泪落君前。

后世便将"河满一声"与前面的"阳关三叠"都用来形容哀戚之声。

④**此情可待成追忆，只是当时已惘然**

出自唐代诗人李商隐（号玉谿生）《锦瑟》一诗：

锦瑟无端五十弦，一弦一柱思华年。

庄生晓梦迷蝴蝶，望帝春心托杜鹃。

沧海月明珠有泪，蓝田日暖玉生烟。

此情可待成追忆，只是当时已惘然。

虽然《锦瑟》一诗以绮丽迷离著名，但最后两句颇为直白：此情此景，当时惘然不知，等到物是人非再来追忆时，徒留惆怅。

因诗名《锦瑟》，所以后文有"锦瑟凝尘"，既是写凄凉之景，也是呼应此诗句。

⑤**碎琴焚研**

"研"同"砚"，即砚台。

碎琴用伯牙子期的典故，出自《列子》。春秋时楚国人伯牙擅琴，钟子期善听，能得琴声中的意趣，伯牙引为知音；子期去世后，伯牙便将琴摔碎，再不弹奏，以谢知音。

焚砚出自《晋书》，陆机才华盖世，当时的文人崔君苗读了他的文章，便要把自己的笔和砚都烧掉，表示自惭形秽。

这里用"焚研"，与"碎琴"同意，即知音离世，再不肯弹琴动笔，极言思念之情。

二十九

余去秋（1823年，即道光三年）留江（留在江都，见前注"撙理真州水利"），姬喜动颜色，曰："妾积思一见老亲，并扫生母之墓（紫姬生母早逝，老父与嫡母在南京）。君今晋省应官（当时南京是江南省省府，则陈裴之官职变动，需要到南京办理相应手续），堂上命妾侍行，得副（称）夙怀（心愿），虽死无憾。"余讶其不祥，乱以他语。

会先大父奉政公病，余侍侧不忍遽离。幕僚佥言："既受节相河帅厚恩，亟宜谒^{yè}（拜见）谢。"姬曰："两公当代大贤，以君为天下奇才，登（录）之荐牍（推荐人才的文书），此其储才报国之心，非欲识面台官（原指尚书台官员，后泛指长官），拜恩（拜谢恩典）私室者。且君以侍重亲之疾，迟迟吾行①，又何歉焉？"

嗣奉政公以江淮苦涝，宜效驰驱（原意是马匹奔跑，后指奔走效力），促余挂帆，溯江西上。阁部审知奉政公寝疾（卧病），仍允告归。姬曰："吾闻圣人（这里指皇帝）以孝治天下。阁部锡类之心②，洵非他人所及也。"嗣此半月，姬与余随同诸大人侍奉汤药。姬独持淡斋（在茹素的基础上，连油盐酱醋都戒掉，称为"持淡斋"），不食盐豉，焚香祷佛。

奉政公卒以不起（去世。陈裴之的祖父陈时于这一年的八月初一去世），然此半月中，余得随侍汤药，稍展乌私（乌鸟之私，见前注），皆阁部之所赐也。

八月下浣，余遽被议（即前文所说"吏议不得留江"）。九月中旬，举室南还（陈裴之的祖父陈时去世后，其父陈文述丁忧去职，举家从扬州搬到苏州），而姬归省扫墓之愿知不克践（履行，实现）。既痛奉政公之见背（即"转身离开，留下背影"，父母或长辈去世的婉转说法），又复感念生母，人前强为欢笑，夜分辄呜咽不已。十月中，余又奉檄，涉江历淮，姬独侍大妇之疾（见前文"余以乌鸟之私……允庄忽染奇疾……"一段）。半载以来，几于茹冰食蘗（"檗"的异体字；黄檗，其味苦）。呜呼！伤心刺骨之事，庸讷（言语迟钝，犹言笨拙）者尚难禁受，况兹（这，此）袅袅亭亭（即"袅袅婷婷"，原意是形容女子体态婀娜，这里是指紫姬这样娇柔敏感之人），又何能当此煎迫哉！

　　　　　　　　　　　　　原文 & 注解

①迟迟吾行

原意是慎重考虑之后再行动，后形容恋恋不舍地离开。

出自《孟子·万章下》："孔子去齐，接淅而行；去鲁，曰：'迟迟吾行也，去父母国之道也。'"

而这里紫姬说小陈"迟迟吾行"，也是因为要离开父母长辈而恋恋不舍。

②锡类之心

嘉勉孝顺行为。

出自《诗经·大雅·既醉》："孝子不匮，永锡尔类。"

三十

　　七月二十日，与客坐纫秋水榭，恭奉太夫人慈训曰：
"紫姬之逝，使人痛绝。伤心吊影（形影相吊，形容失去伴侣之
后的孤独），汝更可知。以汝素性仁孝，于悲从中来之际，
想自能以重慈（指陈裴之的祖母查氏夫人）与我两老人为念。寄
去姬传一篇（见前注，陈裴之的母亲龚玉晨所作《紫姬小传》），
据事直书，不计工拙，聊摅吾痛，无侈（夸张）无饰（伪
饰），当之者亦无愧色也。"

　　谨展另册视之，洋洋将二千言，泪眼迷离，不忍卒读。
时玉山主人（汪度，字白也，一字邺楼，陈裴之好友，著有《玉山
堂词》）、鹅湖居士（见前注）在座，叹曰："紫君贤孝宜
家，不知者或疑君抱过情之痛①。今读太夫人此传，始知君
之待姬，洵属天经地义，实姬之嬅（同"美"，美好、善良）行
有以致之尔。"

　　　　　　　　　　　　　　　　　　　　　　　　　原文 & 注解

蕙绸居士（蒋志凝，见前注）曰："紫姬之贤孝，堂上之慈爱，至性凝结，发为至文，是宇宙（古今天下，中国古代上下四方曰"宇"，古往今来曰"宙"）间有数（少有的，数得上的）文字。紫君得此，可以无死（不朽）。国朝以来，姬侍中一人（第一人或唯此一人）而已。"

呜呼紫姬！余撰忆语千言万语，不如太夫人此作实足俾汝不朽。

郁烈之芳，出于委灰（灰烬）；

繁会（交响荟萃）之音，生于绝（断）弦。

彤管补静女之徽②，黄绢铭幼妇之石③。

呜呼紫姬！魂其慰而。

而今而后，余其无作可也！

①过情之痛

超过人情世故应有的哀恸。

中国古代社会伦理的根基，简单来说就是"远近亲疏有差别的爱"，所以即使是失去亲人爱人，也要根据彼此的关系，对哀伤之情有不同的控制。最深切的哀恸应该留给父母和长辈，同理，对侍妾之死的哀恸不应超过对正室的。

从这个意义上来讲，小陈对紫姬的哀悼有"过情之痛"之嫌。

但是，正如这本书所表现出的，他们所处的时代、地域和家庭生活氛围中，属于人性中比较"真"和比较"活泼"的某些理念思潮在萌芽，虽然仍囿于时代和传统，而且在今天看来可能仍有其陈腐的一面，但我们还是应该看到其中人性的觉醒，以及其中的温情和宽容。

比如小陈愿意把这样的"过情之痛"，给一个伦理上不应给予但心告诉他值得的人。

而他的朋友也理解和欣赏这种"过情之痛"。

②彤管补静女之徽

"彤管"指毛笔，《静女》是诗经中的一篇，"徽"作美好解。意思是用笔记录下紫姬的美好言行，作为诗经《静女》的补充。

《静女》原诗如下——

静女其姝，俟我于城隅。爱而不见，搔首踟蹰。

静女其娈，贻我彤管。彤管有炜，说怿女美。

自牧归荑，洵美且异。匪女之为美，美人之贻。

这是一首古老的情诗，而诗中的"静女"也就成为古往今来人们心目中美好可爱的情人的代表。

值得注意的是，诗中也出现了"彤管"，但这个彤管应该不是毛笔，而是"静女"赠送给作者的某种定情之物，现在一般认为是一种小乐器。

③黄绢铭幼妇之石

"黄绢幼妇"代指"绝妙好辞"，出自《世说新语》，传说三国时大学者、名士蔡邕读了《曹娥碑》，在背后题了"黄绢幼妇，外孙齑臼"八个字，旁人不解，后来曹操问杨修，杨修解释说：黄绢，色丝也，此为"绝"字；幼妇，少女也，此为"妙"字；外孙，女之子也，此为"好"字；齑臼，受辛也，此为"辞"（繁体写作"辤"）字，凑一块儿就是"绝妙好辞"。

但这里小陈倒不是说自己这篇纪念紫姬的文字是"绝妙好辞"（只是稍微双关了一下），主要还是说自己写下这篇文字，是为了彰显紫姬的美德，尤其是孝顺。

因为"黄绢幼妇"是说曹娥碑，而曹娥碑是为了纪念孝女曹娥而作，所以"黄绢铭幼妇之石"的意思，是说希望自己这篇写在纸上（"黄绢"之上）的文字，能像石刻的曹娥碑一样被人铭记，从而知道紫姬是一个多么温婉至孝的女子。

尾声

郁烈之芳，出于委灰；

繁会之音，生于绝弦。

彤管补静女之徽，黄绢铭幼妇之石。

呜呼紫姬，魂其慰而。

而今而后，余其无作可也！

这是《香畹楼忆语》卷末，小陈写下的句子，那应该是道光四年（1824 年）七月十四日，紫姬去世之后的第十天，也是她二十二岁的生日。

谁也没有想到，一语成谶。

第二年（1825 年），小陈前往京城，和他爹年轻时一样，在京城文人圈子里镀了一层金，并被正式授予"云南府南关理民厅通判"一职（相当于该地公安厅厅长兼法院院

　　　　　　　　　　　　　　　原文 & 注解

长），因任职地离家太远而称病辞职。

回到江南后，小陈受当时漕运总督李鸿宾邀请，至汉口管理巡缉私盐事务。道光六年（1826 年）李鸿宾改任两广总督，小陈被举荐总缉巴东盐政，上任前先回家中，与亲友一一道别，然后到汉口。于当年十二月十五日与朋友饮宴，归来发作急病，第二天便去世了，年仅三十三岁。

其妻允庄将他的诗文编辑为《澄怀堂诗集》并外集、文钞，共二十卷。但在这世间流传最广的，还是这一篇《香畹楼忆语》，连同他与紫姬的故事。

关于他的父母、妻儿、姊妹，以及文中其他亲友的事迹，详见后文《家人小传》。

家人小传

陈文述

男主小陈的父亲，必须说，其生平经历比他儿子可是精彩多了。

陈文述是钱塘（今杭州钱塘区）人，乾隆三十六年（1771年）出生，原名文杰，后改名文述；字云伯，别号元龙、退庵、碧城外史、玉清散史、桃花渔隐、圆峤真逸、华胥子、颐道居士、莲可居士……古代文人给自己多取几个别号，就和我们今天上网多换几个ID一样，本是常事儿，但马甲换得这么勤，至少说明此人比较活跃和跳脱。

活泼的天性多半来自衣食无忧的生活，陈文述祖、父两代都是幕僚（大约相当于事业编制的政府工作人员），家境也许算不上富裕，肯定可称小康。

陈文述成年后，往前追述了五代先祖的事迹，写诗作文，营造出一种陈家世代都是隐士高人的感觉。但事实上，其祖父陈光陛、其父陈时，怎么看都只能算诗书爱好者，性情做派偏向风雅一端，实在谈不上书香门第，最多算是文化氛围比较浓厚的家族。

到了陈文述这一代，陈家的文化基因忽然异常活跃起来，才华横溢的子弟辈出，最出彩的当数陈文述和他的族兄陈鸿寿。

岔开说一下陈鸿寿，字曼生，诗文俱佳，工书善画，还擅长篆刻，是大名鼎鼎的"西泠八大家"之一。更妙的是他居然还擅长做紫砂壶，流传后世影响深远的紫砂壶"曼生十八式"便是由他而来。

陈文述的才华与成就则更偏诗文，著作等身。但神奇的是，他最初在文坛崭露头角，已经是二十五岁"高龄"，儿子（也就是我们的男主小陈）都两岁了。

那一年是嘉庆元年（1796 年），陈文述还叫陈文杰（方便起见我们仍称他为"文述"），是一名廪生（秀才中的第一等，每月可以领取生活补助，而且有资格被选拔为可以进国子监深造的贡生）。

二十五岁还是廪生，似乎不是太有出息。——我们看古代小说戏曲，角色动辄十二岁考上秀才，二十岁高中状元。

但实际上到陈文述生活的乾嘉年间，承平日久，科举竞争之激烈残酷，绝非今天的人们所能想象，而江浙一带繁华富庶、文风阜盛，就像现在的高考大省一样，读书人想要出头更是困难。能成为领取国家津贴的秀才，已经相当不错了。

而且陈文述运气不错，赶上大学者、大诗人阮元任浙江学政。

新官上任，阮大诗人在杭州主持了一次考试——不是正经科考，只是一次"余兴节目"，考察一下江浙学子们的才气，所以只考写诗，且出了个比较轻佻的题目，让大家去咏自己新得的一把扇子，还是团扇。

陈文述在这次考试中夺魁，诗作为阮元激赏，并把珍贵的古董团扇（据说是"南宋四家"之一的马远作画，同时代神秘女书法家杨妹子题诗）送给了他，此事传为美谈，陈文述诗名大振，还因此得了个"陈团扇"的外号。

我非常好奇地把陈文述这首《仿宋画院制团扇》找来看了看，实话实说，颇为一般，纤巧工整而已。但架不住阮大诗人喜欢，诗的最后一联是"歌得合欢词一曲，想教留赠合欢人"，阮元居然在旁边批了句"不知谁是合欢人"，欣赏之情到了让人大跌眼镜的程度。

总之，从此以后阮元就对陈文述各种提携，陈文述也踏踏实实地跟着阮元混，阮元多部著作的编纂都有他参与。

两年后，陈文述中乡试副榜（乡试中副榜者可入国子监深造，也可以下一届免乡试直接参加会试），这一年阮元任满回京，带上了陈文述，可见对他确实是赏识。

直到这时，陈文述才生平第一次离开家乡。眼界开阔，见识增长之余，他把名字改成了"文述"，大约是意识到自己确实算不上"文杰"吧。

然而他京漂的日子可谓苦乐参半，固然大开眼界，又结识了许多朝堂和文坛的大佬，但科举和仕途上不是很得意，直到嘉庆五年（1800 年）才中了恩科举人，然后在京城滞留五年，考了两次，始终没有考中进士。

之后的十几年，陈文述不再以科举为念，辗转各地做基层公务员。

他的这段经历也比较分裂：一方面做了不少务实的工作，感觉很是了解了民间疾苦，也似乎很得百姓爱戴；另一方面则到处为当地知名女性历史人物修墓树碑，集结文人名士写诗祭奠，简直是风月无边。

因为没有中过进士，陈文述虽然从政经验丰富，官声很好，但始终都是副职或是代理，直到道光元年（1821 年）才得到第一份正职：江都知县。这时，他已经四十九岁了。

任江都知县后，陈文述举家迁往扬州，本书的故事，就开始在这段时间。

道光三年（1823 年），陈文述的父亲去世，他按例丁忧，陈家从扬州迁往苏州，陈文述似乎开始了安逸的退休生活，也像大多数退休人士一样，计划着晚年出游。

然而道光六年（1826 年），小陈忽然病故。

陈文述有二子三女，都是正室龚玉晨所出。长子陈裴之，就是我们的男主小陈；次子陈学周，字小虎，七岁时夭折；最小的女儿也未能长大成人。可以想见，小陈是陈文述生平最大的骄傲和慰藉，因此，小陈的早逝，对陈文述的打击是巨大的。

小陈身后留下了大量债务，家产又"所托非人，折耗殆尽"。本来可以颐养天年的陈文述，不得不再次出仕，仍然是从幕僚做起，到道光十九年（1839 年）出任安徽繁昌县令（在安徽芜湖），这时，他的母亲、兄弟、妻子、爱妾、次女，包括小陈的妻子汪端，都已先后逝去，只有长女还在世。

陈文述最终在繁昌县令任上离世，享年七十二岁。

如果仅以仕宦经历来看，这样的一生，不过是一个低层小官僚颇为坎坷愁苦的一生。好在我们知道，这样的人生还有另一面，属于诗、酒、友谊、艺术……还有年轻女性的仰慕与追随。

以"团扇诗"成名后，又在京城文人圈子里刷了一圈人望，回到家乡，陈文述已然成为江南文坛大 V，身边聚拢了一大批诗人才子名士，大家时常聚会、出游、追青楼里的姑娘……当然也少不了写诗，写了大量的诗。虽然这些诗作要么散失了，要么沉睡在古籍柜子里，早就被人们所遗忘，目测未来也不会再被重提，但确实曾照亮和温暖他们的生命，使之快乐、充实，并似乎有了意义与价值。

作为诗人的陈文述，还有一个特别之处，他收了许多女弟子。

这事儿在现今读者看来，似乎有点难以明言的小膈应。但放在当时，仍有其值得称道的地方。

陈文述最早的女弟子，可能只是秦楼楚馆间的一个玩笑。但随着他渐渐接触到那些美丽、多才而对生命与文字满怀憧憬与热忱的女性，真正为她们的才华、梦想和生命力所感动，又真正懂得了她们才华与命运的不对等所带来的痛楚与激荡，陈文述开始把"闺阁问字"当作生命中一个重要的事业，"生平爱文字，搜才及闺中"。

而他营造的以"碧城仙馆女弟子"为核心的女性文学沙龙，包括在杭州宝云山麓建起翠渌园，以及组织女性作者编纂诗文集子，那一场场闺阁雅集、女性诗会，虽然不无轻浮也不无炫耀——还因此惹过一些口舌是非，比如被顾太清写诗"痛詈"的那段公案，但仍是当时那些女性作者心灵的慰藉之地和精神家园。

要说陈文述在女弟子的环绕中，会不会偶有非分之想，这也确实难说，因为他确实在男女之事上很有名士的做派，写诗也好作绮语，而且他的侍妾之一文静玉，就曾经做了他十四年的女弟子。

事实上，陈文述因为遭际坎坷，中年学道，所以他传递给女弟子们的，不仅仅是诗文之趣，还有很大一部分是道家精神；虽然其中不免愚昧荒诞的成分，但仍不失为面对世事无常、颠沛流离的某种精神支柱，并由此寻回宁静与自我。

而且陈文述的女弟子们，有很多是当时江南名士的妻女、姐妹或妾室，好大喜名"互相吹嘘"或许难免，但如果真的事涉狭邪，"碧城仙馆"女性文学沙龙是不可能存在那么长时间，形成那么大的影响的。

从他热衷于为女性历史名人修葺坟墓，树碑作传，可以看出他多多少少对女性的才华抱持着欣赏和赞美的态度，对女性的命运，抱以同情和宽容。哪怕其中仍有他那个时代男性不可避免的"俯视"之意，但不能因此就将其中的欣赏、赞美、同情和宽容一笔抹杀了。而这些态度，即使放在今日，仍可说是值得称道的品质。

或许，正是因为这种欣赏和宽容，给予了他身边的女性相对自由的生长空间，才使得陈家有一种温暖、风雅而平等尊重的风气，而这些在《香畹楼忆语》中，我们可以清晰地感觉到。

　　　　　　　　　　　　　　　家人小传

龚玉晨

男主小陈的母亲，陈文述的正室。

龚玉晨是仁和（在杭州余杭）人，乾隆三十五年（1770年）出生，是陈文述母亲查氏夫人的表侄女，因此也算是陈文述的表姐。初名润，字雨卿，后改名玉晨，字羽卿。

龚家也是书香门第，大诗人龚自珍就是龚玉晨的远房堂弟。因此龚玉晨也知书识字，能诗擅画，有《璧月楼诗钞》和文集传世。

乾隆五十六年（1791年），龚玉晨嫁给陈文述，当时陈家并不富裕，她还要亲自操持家务，但两人相处颇为和谐，有过一段诗酒唱和的快乐时光。陈文述游学京师时，龚玉晨在家中主持门户，两人书信往来频繁，感情甚笃。

据陈文述回忆，龚玉晨曾对他说，自己幼年时与姑母畅游西泠（在杭州西湖），看到万顷梅花怒放，仿佛花海，沉醉其中，从此"得湖山之味"。因此陈文述与她约定，晚年两人相携归隐西溪。

后来，陈文述真的曾在西溪营建秋雪渔庄，以期与龚玉晨安度晚年。只是造化弄人，他们的长子陈裴之早逝，陈文述不得不晚年出仕，归隐之约最终还是未践。

而龚玉晨死后，陈文述将为她所作的诗文编撰成集，名为《花海琴音》，想来应该是为了"西溪梅花空许约"吧。

龚玉晨有两子三女，小儿子和小女儿都夭折，这或许是她生命中最大的悲哀。小儿子陈学周，小字苟儿，十分早熟聪慧，离世时虚岁七岁，其实才五岁。当时龚玉晨一病不起，水米不进，只是饮酒，据说一月之间，饮酒百壶。陈文述记载此事时，不无揶揄地说她是"酒仙"，并因为自己的姜室薛纤阿也善饮，还写下了"游仙梦隐醉乡春，一笑吾家两酒人"的诗句。

每次看到这里，都让人为之叹息，可能年幼子女之死，对父亲和母亲造成的伤害确实是不同的吧。很明显龚玉晨一生都没有真正走出丧子之痛，从她对长子小陈特别的依恋以及小陈对她的格外不放心，都可以很明显地看出。这大概也能解释为何紫姬早夭，会让她那么伤心，甚至亲自动笔为紫姬作传。

所以小陈骤然离世，对龚玉晨的打击只会比陈文述更

　　　　　　　　　　　家人小传

甚。据说小陈去世的当夜，龚玉晨梦见自己被一只豹子追赶，而小陈就在旁边，却视若不见，只是向妹妹告别就走了。

龚玉晨在梦中很是伤心，说："孰云小云（陈裴之字小云）孝，豹逐余乃毋救。"醒来后她对家人说起这个梦，家人都不敢说话，不久便传来小陈病逝的消息。

后来陈文述认为，"豹"音"报"，是小陈来向母亲报信；不救母亲，是希望母亲觉得自己不孝而不那么伤心；向妹妹告别，是把母亲托付给妹妹（小陈的妹妹陈丽娅中年和离，携女儿依父母而居）。

有可能从小儿子夭亡之时起，龚玉晨就有一点儿酒精依赖了，到小陈去世后，这种依赖似乎发展为酗酒，据说龚玉晨晚年每每饮酒过度，酒后性子阴晴不定，有时"声色所加，使人惴惴"，自己却转瞬就忘记了。

道光十八年（1838 年）六月，龚玉晨去世，享年六十八岁。

汪端

男主小陈的妻子，应该算是《香畹楼忆语》中另一个隐性的女主角。其实在历史上，她的才华与光彩远远盖过了两位主角。

汪端是钱塘人，乾隆五十八年（1793年）出生，字允庄（小陈一直以"允庄"称她），祖籍徽州，曾经营盐业，由此可知汪家一定富有。她的祖父汪宪弱冠之年就中了进士，官至刑部陕西司员外郎，江南著名的藏书楼振绮堂就是他建的，最盛时藏书六万多卷，与天一阁齐名。

汪家家世既厚，诗书氛围又浓，女性也入私塾读书，而汪端自幼聪慧异于常人，七岁即赋《春雪诗》，被认为"不减谢道韫'柳絮因风'之作"，所以又字小蕴。父亲汪瑜视她如掌珠，为她请来名师教授经史，总之，虽然母亲梁瑶绳早逝，但汪端的童年和少女时光还是非常快乐的。

家人小传

汪端自幼便有才女之名，所以汪父的好友见到十三岁的小陈，惊讶于其才华与成熟稳重，就有意牵线做媒。而后汪父亲自跑了一趟，见了小陈，十分赏识，这才定下婚事，当时便被誉为"金童玉女"。

嘉庆十三年（1808年），汪端的长兄汪初去世，年仅三十二岁，汪父因丧子之痛，一病不起，第二年也去世了。此时汪端十七岁，还未出嫁。由外伯祖父梁同书做主，让她的姨母梁德绳抚养她。

梁家也是诗书大家，汪端的外曾祖父梁诗正，官至东阁大学士，掌翰林院，谥号文正；外祖父梁敦书官至工部侍郎；外伯祖父梁同书以"山舟先生"名享海内；两位舅舅梁玉绳、梁履绳都是史学大家；而她的姨母梁德绳也是著名的才女，嫁名士许宗彦。

许家则是更为显赫的书香门第，姨父许宗彦也非常欣赏汪端，对其诗学和史学多有指点。许家氛围更为宽松温厚，据说年少的汪端常常与姨父辩论史学问题，伶牙俐齿，姨父有时无法招架，把她戏称为"端老虎"。

嘉庆十五年（1810年），小陈以第一名考中秀才，同年与汪端成婚，两人年貌才华相当，感情极好，更难得的是志趣相投，比这还要难得的是小陈懂得欣赏汪端的才华学识，理解尊重她在文学上的抱负。

两人曾一起编选袁枚、蒋士铨、赵翼的《三家诗选》，写诗唱和更是生活常态。小陈的父亲陈文述写道："（汪端）与裴之一灯双管，拈韵分笺，每有新作，即呈鉴定，以博欢颜，日以为常。"两口子常常写诗，写好了一起给老父亲看，请老父亲评定高下，这就很让人羡慕了。所以陈文述说汪端待自己"依依若侍慈父"，而自己也"深喜之，若得娇女也"。

甚至小陈和汪端日常聊的不仅仅是诗词文章，还有小陈游幕生涯中对时局和政务的思考。汪端曾写过这样一首诗：

不将艳体斗齐梁，不骛虚名竞汉唐。

月下清钟闻泰华，雨中斑竹怨潇湘。

诗张一帜原非易，胸有千秋未肯狂。

论罢人才筹水利，立言岂独在词章。

小陈也曾说他们夫妻俩是"一床斑管两书生""不学鸳鸯学凤凰"。这样的夫妻关系，别说在当时，放到现在也是难能可贵的。

当然，说到他们的夫妻关系，就不得不谈及小陈与紫姬的那一段感情了。

以今人的视角，小陈无论如何不算"良人"，遇到紫姬

　　　　　　　　　　　　家人小传

之前，虽然他一直在刷自己"青楼薄幸""取次花丛懒回顾"的人设，在秦楼楚馆里混得如此之开却是不争的事实。遇到紫姬之后，他对紫姬的爱怜与怀念，也是真的和深的。放在今天，说"渣男"可能严重了点，但未能做到"一生一世一双人"总是板上钉钉了吧。

这里我只能说，我们阅读古代的诗文，了解古代的故事，感受古代的人生，其中的悲欢离合、是非曲直，温暖或冰凉，感动或厌恶，我们可以也应该有自己的判断和取舍，但同时，我总觉得，不要去替古人做判断，更不要因为这种判断，影响了自己获得。

比如读《长恨歌》若是只去纠结其乱伦和负心情节，或是看《香畹楼忆语》只是替汪端不齿渣男和小三，岂非入宝山而空返。

今人往往拒绝一段感情里有三个人，但若是因为汪端和小陈的感情里有三个人，就把两人的才华和成就一并抹杀了，也未免得不偿失。

小陈去世之前，曾写给汪端一首诗：

珪璋静比德，琴瑟成和音。
与君为夫妇，比翼栖同林。
君才十倍我，诗学尤渊源。

他年定文诧，鉴此千秋心。

汪端之于小陈，是可以将遗作托付的知己。而汪端一生真正的悲剧，并非夫妇生活中有第三个人，而是紫姬和小陈都去得太早，生活的压力一下子压到了她的肩头。

小陈与汪端曾有二子，长子孝如刚满月就夭折了，幼子孝先（后改名葆庸）在小陈去世后久病不愈，渐至精神失常。陈家也一度经济极为窘迫，以至于陈文述在花甲之年还要重新出山游幕，汪端甚至研究过"星命之学"，以应对来日可能的衣食无着，"期得一应世之艺，以为异日孤寡啖饭计"。

在困境中汪端转向了宗教，成为一名虔诚的道教信徒，将她的才华与精神寄托转向了那个神秘的世界，礼忏甚勤，著作极丰。道光十八年（1838 年）汪端病逝，终年四十五岁。

这样的一生，简单道来，似乎就是一个盛极而衰、情深不寿，"古来才命两相妨"的故事，然而在这样短暂又似乎不幸的一生中，汪端却留下了一份丰富而耀眼的精神遗产。

她留下了十卷本的《自然好学斋诗钞》，其诗作涉猎之广、立意之高、内涵之深，一扫闺阁习气，卓尔不群；选编了中国文学史上第一部由女性选评的诗集《明三十家诗选》，并邀请同时代三十多位闺秀才女参与校阅和编辑；还撰写了八十卷的历史小说《元明逸史》，这也是中国文学史上第一部由女性撰写的长篇历史小说——只可惜中年学道之后，汪端将之焚毁，今日我们无缘得见。在叶衍兰、叶恭绰祖孙所编绘的《清代学者像传》中，汪端是唯一被收录的女性，《清史稿》亦有列传。当然，她也完成了小陈生前的托付，将他的诗文编纂为《澄怀堂遗集》。

须知这世上确实是有一些人，是不以世俗意义上的幸福为幸福的。从时人记载的汪端行止来看，她似乎是一个"现实感"相对较弱，对世俗生活略有隔膜的人。还在姨母家时，她就"每终日坐一室，手唐人诗默诵，遇得意处，嗑然以笑，咸以书痴目之"。即使已为人妇人母，她仍"选明诗，复得不寐之疾，左镫右茗，夜手一编，每至晨鸡喔喔，犹未就枕"。就连为了来日生计考虑而研究"星命之学"时，她还写成了一本相关著作《太极元珠》，据说"颇有奇验"，其聪明、好学、善于钻研和热爱著述，由此可见。也正是因为这种与现世的距离感，使得她在学道之后特别容易"入道"，并最终在其间获得了解脱与宁静。

事实上，尽管汪端算是陈家的长子长媳，未来宗妇，但陈家的一应家务，其实是陈文述的妾氏管筠在打理，而侍奉公婆（主要是婆婆，前面我们说过，小陈的幼弟去世后，其母龚玉晨的精神状态大受影响，似乎始终没有恢复）、照料孩子的责任，紫姬生前，也似乎是她承担得更多。若是以寻常闺阁人生，或者现今的宅斗小说来看，这简直太失败了。但对一个以诗书学问为追求的女性来说，这又何尝不是某种幸运呢？

当然，幸与不幸，都不过是后世的揣测。小陈去世后，汪端的痛苦和崩溃是真实的；潜心学道之后，她对前半生过于沉迷文史诗词的悔恨也是真实的（甚至将所作小说烧毁）。但与此同时，她尽情徜徉在学术与文字的世界中，将自己的思考、感受、领悟与见识无拘无束地诉诸笔端，那种幸福、圆满与成就感，想来也是真实的。

梁德绳

汪端的姨母，曾抚养过她数年。

梁德绳是钱塘人，生于乾隆三十六年（1771年），字楚生，晚年号古春老人，著有《古春轩诗钞》。

梁德绳工书、善诗、善琴，尤其精于篆刻。嫁给名士许宗彦，许是嘉庆四年（1799年）进士，但无意官场，闭门读书著述，除了经史诗文，还精通天文、历数，曾经有志编纂一本中国的数学全书，可惜许五十一岁就去世了，此书未能完成。

当时有一部极为流行的弹词作品《再生缘》，即后世大名鼎鼎的孟丽君女扮男装中状元的故事最初的蓝本。作者陈端生，是梁德绳的同乡。《再生缘》是陈端生十八九岁时所作，之后身世飘零，她便未能将此书写完。

尽管如此，《再生缘》仍极受欢迎，梁德绳和许宗彦也是粉丝之一，甚至一起续写了《再生缘》，而许去世后，梁德绳独力续完此书，作为对丈夫的纪念。

虽然比起原作的光彩夺目，梁的续作似乎有些黯然失色，最为后世读者诟病的，是她将一个女性抗争而走投无路的故事，续写为花好月圆的大团圆结局。

然而较之年少而命运坎坷的原作者陈端生，梁德绳再续此书时，已经是快六十岁的老人。她的心境和对人生的感悟与期许，与陈端生是完全不同的。正如她在卷首题的那四句诗：

嗟我年近将花甲，二十年来未抱孙。

藉此解颐图吉兆，虚文纸上亦欢欣。

她是将此书当作了自己的孩子，格调差一点，结局俗一点，没有关系，"纸上虚文"营造的幸福美满，也足以慰藉老人的心灵。

道光二十七年（1847 年），梁德绳去世，享年七十六岁。

陈时

男主小陈的祖父，即文中所谓的"先奉政公"。

陈时生于乾隆十三年（1748年），原名晋，后改名时，字履中，号汾川，又号朱方隐者。

似乎从陈祖父这一代起，陈家的男子就都姿容出色，据记载陈时"身长玉立，美须髯"。而陈家从事幕僚工作，擅长庶务，似乎也是"祖传艺能"。陈时的父亲，也就是小陈的曾祖父陈光陛，据说读书不求甚解，做幕僚却很有天分，以游幕养亲。

陈时的母亲张氏夫人早逝，父亲又常年游幕在外，兄长陈鼎体弱多病，寄养在外祖父家中。陈时不愿寄人篱下，发奋攻读，考中秀才后就自食其力，也做起了幕僚，游历既广，经验又多。老陈和小陈在治理水务与盐政方面颇有心得——至少是自认为颇有心得，都是从陈祖父那里一脉相承传下来的。

陈时性子淡泊，性情诙谐，能诗，擅书法，棋艺高明，对制壶和参禅也很有心得，尤其精通音律，乾隆南巡时，他曾被安排去校正乐章。当时的剧本作者也纷纷请他正拍。这些在《香畹楼忆语》里都有提及。

陈时有一妻一妾，正室查夫人，名乐安，有趣的是据说查夫人的父亲查昌泰特别喜欢陈时这个女婿，经常翁婿结伴出游。可见陈祖父确实是个很可爱的人。

陈时的五子二女都是查夫人所出，其中两子一女早夭，另一个女儿成婚后分娩时去世。除了最年长的陈文述之外，另外两个儿子也比较让人伤心。其中一个性情沉静，刻苦自律，却因为科场失意郁郁早逝；另一个性情跳脱奔放，聪明过人，博学多才，却染上鸦片瘾，最终也因此送命。

尽管经历了这些悲剧，陈时的晚年时光仍相当安逸自得，这大概要归功于他淡泊乐观的天性，以及丰富的爱好吧。

他于道光三年（1823 年）病逝，享年七十五岁，被追封五品奉政大夫，所以小陈文中称他为"先奉政公"。

家人小传

王瑞兰

　　女主紫姬的七姊，一个非常有个性、特立独行的姐姐。

　　小陈文中记载，紫姬家姊妹十人，她年纪最小。但只有瑞兰和她是同母姊妹（八姊小兰可能也是，但小兰早夭），而她们的生母早逝，所以紫姬出嫁，瑞兰最为恋恋不舍。紫姬去世后，小陈作了《香畹楼忆语》，她则为这部"忆语"作了序（见附录）。

　　十姊妹中，只有七姊瑞兰、八姊小兰、九姊稚兰，见于《秦淮画舫录》，前面六位姐姐的名字则没有记载。虽然小陈文中记下了她们嫁的都是谁，但这些人也皆用代称，只有三姊所嫁"汝南太守"疑为周开麟，四姊所嫁"清河观察"推测为张之杲，其余诸人实在难以考证，不过也都没什么戏份，所以关系不大。

　　想来这些姐妹，包括紫姬，都嫁得比较好也比较顺遂——尽管皆为妾室，所以这本记载当时金陵花街柳巷风流韵事的《秦淮画舫录》，就不合适提及她们的名字了。只有瑞兰、小兰和稚兰曾真正在风月场中周旋，所以留下记载。

故事最多的自然是瑞兰，小陈文中说她"为人尤放诞风流""两行红粉服其诙谐吐属之妙"，显见其人聪明而幽默。

而据《秦淮画舫录》记载，瑞兰非常美丽——整部《秦淮画舫录》中，写到美人容貌时所用笔墨并不多，瑞兰的容貌姿态应该是着墨最多的一位，写得也相当有韵致，"王瑞兰行七，肌理莹洁，玉光无瑕，不必斤斤修饰，而眉睫间时流雅韵……所居伴竹轩，侧枕城闉，棂纱半掩，潇洒无点尘。时或偕其妹小兰，凭栏倦立，望见者疑在湘皋雒浦间也"。

这样美丽又有趣的姐姐，追求的人自然很多，但她特别有主见，知道自己要什么。

简而言之，瑞兰姐姐是个颜控，喜欢漂亮的男生——当然这也是废话，哪有女孩子不喜欢长得好看的男生。然而难得的是，瑞兰姐姐对此毫不掩饰，勇于追求。

据说她先是与一位"有仲容之姣"的美公子一见钟情（这里的"仲容"指的是三国时魏将石苞，字仲容，当时有名的美男子，人称"石仲容，姣无双"，后世便往往用"仲容之姣"来形容美男子），但是公子家风保守，好事未成。

按照一般小言的套路，这时瑞兰姐姐就该苦恋痴缠，终日以泪洗面了对吧。但她没有，她转头就接受了另一位公子的追求。

倒是没有说这位公子长得怎么样，估计没有前男友漂亮，但是足够忠犬，"姬偶小恙，公子为之称药量水，琐屑躬亲，姬亦盛感之"。很明显，瑞兰是被他的温存痴情感动了。

不久这位公子"随宦他徙"（因公务派驻外地），但他对瑞兰海誓山盟，表示自己三年后一定回来娶她，瑞兰也"画'梨花满地不开门'图以表志"。

至此，这似乎成了一个"年少无知时爱慕皮相，后来才明白真情最可贵"的故事。如果要有什么变故，按照一般小言的套路，也应该是公子那边变心或者误会什么的。

但是，瑞兰姐姐的故事再次不按套路发展，公子不到半年就回来践约了，此时瑞兰却已经嫁给了别人。

而且嫁得十分惊世骇俗。

小陈文中说瑞兰"归清河氏"，即嫁了一位姓张的人。事实上，这位张先生是一个戏子，名叫张桂华。

说是瑞兰姐姐看了张先生的演出，一见钟情，显然姐姐还是回归了自己"颜控"的初心。问题是当时戏子的地位既低，收入又薄，且张先生已经有了妻子，瑞兰姐姐即使想嫁，也只能做妾。

同样是做妾，她前面六位姐姐，五位嫁了官员或高级幕僚，一位嫁了富家翁，可想而知全家人是如何激烈反对瑞兰姐姐和张先生的恋情，尤其是她的嫡母，"其母颇诟谇"，就是说一直在骂。

这时候瑞兰姐姐真正显示出其彪悍，她完全没理睬家人的反对，雇了条小船，跑去张先生老家和张夫人谈条件，然后嫁给了张先生，并把他领回来和自己住一起。——说真的，看这样的记载，要说她把张先生买了回来，好像都说得通。

此后两人似乎还很恩爱，至少在《香畹楼忆语》中，瑞兰姐姐依然是聪明美丽、幽默快乐的形象。

这样的爱情和这样的人生，倒也不能说是值得称道的。然而瑞兰姐姐打动人的地方，在于她知道自己要什么，勇于追求自己所要的，而且愿意为之"买单"。

感情问题上，任何选择可能都很难说对错，重要的是人要看清自己的心，不要为世俗或他人所左右。同时，还要明白任何一种选择都有其代价，忠于自己的本心和选择，也就意味着愿意且能够承担其代价。在这一点上，我倒是觉得瑞兰姐姐没有什么可指摘之处，甚至比绝大多数人要清醒和

家人小传

勇敢。

顺便说一下八姊小兰和九姊稚兰。

小兰据说同样美丽多才，但不同于瑞兰的"放诞"，她性情宁静自持，追求她的人也很多，小陈的朋友马履泰和欧阳长海似乎都钟情于她。而且她也是个谈吐有趣的姑娘，《秦淮画舫录》中记载了她的一则韵事，说她们最小的妹妹（即紫姬）有一次去敲九姊稚兰的房门，稚兰睡着了没搭理。小兰便笑说："时（十）扣柴扉久（九）不开。"大家都觉得此言甚妙。

就连她的侍女改子都是一个有趣的姑娘，不仅小陈书里特别记了一笔，在《画舫余录》里也有提及。可惜小兰早逝，改子据说跟了她们的嫂子马又兰。

稚兰小字爱卿，"雏莺幺凤，不屑作时世妆，见人辄俯首弄带，娇婉可怜"，似乎是个比较腼腆爱娇的姑娘。《秦淮画舫录》记载，"平山太守""砀山令尹"都曾重金求娶，但稚兰都拒绝了。《香畹楼忆语》中说她最终嫁给"鸳湖大尹"，鸳湖即鸳鸯湖，在嘉兴，所以稚兰应该是嫁给了嘉兴的某位官员为妾。

马又兰

紫姬的嫂子，字闰湘，小陈文中以"闰湘"相称。

紫姬有两个嫂子，另一个嫂子叫缪玉真，其事迹不太清楚，但长嫂闰湘给人的感觉比较传奇。

《秦淮画舫录》记载她"貌流丽，性亦机警，凡与之谈者，无论庄谐，靡不立屈"，就是说容貌美丽，辩才无碍。此外她还工书善画，尤其擅画兰花，当时金陵名妓，多有向她学画的。

紫姬出嫁时闰湘送给她的礼物里，有一套明末名妓马湘兰画的兰花。现在马湘兰一幅画拍卖价格动辄上百万，即使在当时也颇为珍贵，曹雪芹的祖父曹寅曾经得到一卷马湘兰画的兰花，激动得连着题了三次诗。而闰湘送紫姬马湘兰画的兰花，一送就是十二幅。这要么就是家里有矿，要么就是家里有画库啊。

所以我有点怀疑闰湘是不是马湘兰的后人，而她名"又兰"，字"闰湘"，简直仿佛在暗示自己是马湘兰转世似的，实在是很有点传奇。

毫无疑问，这位姐姐也很有才华，《香畹楼忆语》的另一篇序即是她所作（见附录）。

陈丽娥

陈文述次女，小陈的妹妹。

陈丽娥生于嘉庆四年（1799 年），字苕仙，所以小陈文中称她为"苕妹"（虽然……这个昵称有点怪怪的……），又字萱宁，小名贤。她是陈家最小的孩子，聪慧又孝顺，但也很有性格。

她嫁给武林人（在今杭州）许震宗，许家非常有钱，然而许小哥非常不成器，没具体说有何劣迹，总之丽娥最后与他和离，态度还挺坚决，带着两个女儿回了娘家，之后一直住在娘家，直到去世，她的两个女儿应该也是从陈家出嫁的。小陈文中写到丽娥的小女儿许桂（即"桂生"）是紫姬的"恩抚女"，也就是说，可能这个女儿被小陈当作自己的女儿，由紫姬抚养。后来有记载许桂的丈夫遇到点麻烦，也是陈文述出面摆平的。

由此也可见陈家风气确实温厚开明，对和离的女儿没有什么不满和歧视。说实话，即使是现在，有些家庭也未必能做到。

丽姒的前夫许小哥也曾试图挽回过，陈文述记载，丽姒写过一首梅花诗，许小哥殷勤地和了一首，话里话外都是重修旧好的意思。老陈心软，拿给女儿看，丽姒笑了笑，说："非他人捉刀耶？"——这是把许小哥看得透透的了。反正丽姒最终没有搭理他，一直跟在父母身边。陈文述晚年任繁昌县令时，也是丽姒承欢膝下。道光十三年（1833年），她在繁昌病故，终年三十四岁，到底还是先于老父亲离世。留有诗集《眉研斋诗》，附在母亲龚玉晨的《璧月楼诗钞》后。

陈华娵

陈文述长女，小陈的姐姐。

陈华娵生于乾隆五十七年（1792年），字萼仙，所以小陈在文中把她叫作"萼姊"，小名富。

不知是不是小名真的还挺重要的，陈文述的几个孩子里，只有华娵的生活可算是世俗意义上的幸福美满。她嫁给吴县（在今苏州）人叶廷琯，叶小哥是北宋大词人叶梦得的二十五世孙，博学多才，兼之性情温和，对陈文述还十分尊敬爱戴，总之是个好女婿。

据说叶家老宅在白沙村——没错，就是出枇杷的那个白沙村。而陈文述十分喜欢吃枇杷，叶小哥和华娵就在村子里种了一棵枇杷树，特供老陈专享。

老陈当然也就看这个女婿很顺眼，尤其是晚年儿女凋零殆尽，老陈只得把毕生著述托付给叶小哥，在他身后为他编

家人小传

辑付印。

　　华姒是陈文述的子女中唯一一个死在他之后的，于道光二十八年（1848 年）去世，终年五十六岁。有诗集《回文镜斋诗》，和妹妹的诗集一样，附在母亲所作的《璧月楼诗钞》后。

管筠

陈文述的爱妾，在陈家地位超然，紫姬去世后，陈文述给小陈的信中还特意提到她，小陈也如实写进文中。

管筠也是钱塘人，乾隆五十五年（1790年）出生，字湘玉，又字静初，工诗善画，著有《小鸥波馆集》四卷。中年好禅，曾著《心经浅说》，可惜未能传下来。

管筠与陈文述的缘分颇为奇妙，前面说到陈文述因为"团扇诗"为阮元赏识，从而诗名大振。十一年后，陈文述拜访阮元，阮元还提及此事，并将自己的爱妾谢雪画的一把团扇送给陈文述，扇子上写着陆游的诗句"白菡萏香初过雨，红蜻蜓弱不禁风"。

陈文述回到家中，拿出扇子给母亲查氏夫人显摆，当时正好邻居家的一个小姑娘过来玩，查夫人抱着这个小姑娘一起看扇子，老陈还教人家小姑娘背自己的"团扇诗"。

这个小姑娘就是管筠。

十二年后，陈文述与管筠在苏州一家书肆重逢，不知怎么聊起来，发现当年是邻居，又回忆起看团扇的往事，管筠仍能背诵"团扇诗"。以此为契机，管筠嫁给陈文述为妾。

当然，对这个故事的真实性，我是略有怀疑的，但仍不失为一个美好的情节。真实情况可能是陈文述的次子去世后，正室龚玉晨伤心过度，不能打理家事，查氏夫人做主让陈文述娶了当年自己就很喜欢的邻居小姑娘。

查老夫人眼光确实不错，管筠管理家务是一把好手，基本上陈家的内务就一直由她操持。尤其陈裴之去世后，陈家陷入经济危机，全赖管筠周旋调度，"为无米之炊"，才渡过难关。所以龚玉晨去世后，陈文述将管筠扶为继室。

据说管筠是嫁给陈文述之后才开始跟着他学诗，她极有悟性，很快便展露出在诗文上的才华。而且除了诗书和家务，管筠对陈文述从事的庶务也很有兴趣和见解，有时两人竟为此辩论起来，而管筠所言往往事后证明是正确的，这一点也很得陈文述赏识。——由此可见，陈文述喜欢的是有性情有主见的女性。

道光二十年（1840 年），管筠染急病在苏州去世，终年五十岁。当时陈文述在外游幕，没来得及见管筠最后一面。他将为管筠所作的诗文编辑成集，名为《玉天仙梵》。

陈葆庸

小陈与汪端之子，原名孝先，即紫姬去世后，以"嫡子"署名"素柬"的那个孩子。

小陈与汪端有两个儿子，长子出生未满月便夭折了，次子即葆庸，生于嘉庆十七年（1812 年），原名孝先。小陈去世时他十四岁，大病一场，之后行为举止开始怪异起来。

大约是在这个时候，其祖父陈文述为他改名葆庸，想必是希望这孩子哪怕平庸一些也无妨，能够保其一生平安顺遂就好，用心之良苦，思之使人酸楚。

但祖父的愿望并未实现，葆庸的病越来越严重，最终神志失常。

曾有亲友建议为葆庸娶妻或纳妾，以期留下后代。但他的祖父和母亲皆不忍耽误人家女儿，葆庸便终生未婚，何时去世已不可考，应在陈文述之后。

另：小陈的基友们

在《香畹楼忆语》中，还有众多小陈的好友出镜，有些有剧情有台词，戏份还不少，有些却只是走个过场，露个脸。

然而可恶的是，或许因为这是一本"自传其爱"的"私小说"，所以文中出现的人名，小陈往往会改头换面用个"假名"。而且给基友们取假名的脑洞相当之大，思路相当奔放，考据起来真是考得人外焦里嫩，有时甚至仿佛推理小说，必须记下一笔。

比如文中有个相当重要的配角"申丈白甫"。老人家第一次登场，是给主角小陈介绍妹子，作为姜室备选。妹子是金陵某名妓的掌上明珠，"申丈白甫暨晴梁太史，为宣芳悰，余复赋诗谢之"。

第二次登场是小陈和紫姬一见钟情，分别后念念不忘，闷闷不乐，"忽从申丈处得姬芳讯，倚栏循诵，纪之以诗"。

其间夹杂着他和各路亲朋八卦小陈和紫姬的罗曼史，包括某位已经隐退的前代名妓想看看紫姬嫁了个什么人，也是这位"申丈"把小陈领着给人家看去。

因为有这样千丝万缕的联系，所以紫姬去世后，"申丈"的挽联特别哀切又妥帖：

公子固多情，也为伊四载贤劳，不辞拜佛求仙，欲把精虔回造化

佳人真有福，堪羡尔一堂宠爱，都作香怜玉惜，足将荣遇补年华

于是众人"佥曰：'离恨天中，发此真实具足语。白甫此笔，真有炼石补天之妙！'"。

问题是，这个"申丈白甫"究竟是谁啊？

看过几版翻译，都非常顺理成章地译作"一个姓申名白甫的人"，或者"晴梁太守申白甫"。

但是，查遍了小陈和他爹的交友记录，以及当时江南的文人名士，就愣是没有这么一个叫"申白甫"的人！

因为这个"申白甫"根本就不叫"申白甫"，人家叫

侯云松！

侯云松，上元（今南京秦淮区）人，生于乾隆二十九年（1764年），字贞友，号青甫，著名书画家、诗人、名士。咸丰三年（1853年）去世，据说是太平天国起义期间自尽身亡。

咦？问为啥这个"申白甫"是那个"侯云松"？

因为小陈的母亲龚玉晨为紫姬所作小传中，明明白白写着"侯君青甫，暨欧阳大令棣之为蹇修"。

这里的"欧阳大令棣之"，名叫欧阳炘，字棣之。但小陈文中把他写作"六一令君"，欧阳修号"六一居士"，所以这位欧阳老先生，就以"六一令君"代指了。

烦人的是后来小陈自己也写忘记了，到紫姬去世，欧阳老先生送来挽联时，又被写成"渤海令君"。"渤海"是欧阳氏的郡望。

更让人抓狂的是，文中还有一位"渤海生"，则是指小陈的好朋友欧阳长海，因为年纪较轻，与小陈一辈儿，所以就称"生"。

所以要考证小陈文中出现的好基友们谁是谁，还真的是一件蛮伤神的事儿。

扯远了，我们再回头说侯老。

《紫姬小传》中说小陈娶紫姬，是他和欧阳老先生一起做媒。但《香畹楼忆语》中，则是小陈的夫人允庄（汪端）告诉小陈："昨闻堂上云：'紫姬深明大义，非寻常金粉可比。申年丈不获与偕，塞修之事，六一令君可任也。'"

因为侯老和小陈的父亲是好友，所以允庄称他为"年丈"。这话背后还透露出这么一重意思：侯老也曾求娶紫姬，所以不方便再让他去做媒了。

不知是不是这个缘故，小陈把侯老的本名藏得特别深，如果不是他娘的（本意，这里是这三个字的本意！）《紫姬小传》暴露了这位"申白甫"就是"侯青甫"，谁能猜得出来啊！

当然，暴露之后就显得非常有理有据，只是有点太过促狭，把"青甫"写成"白甫"还算正常，"申猴"这种玩笑，是对待"年丈"该有的态度吗？

所以也有可能，"申白甫"是他们名士小圈子里给侯老取的外号，这就真没法考证了。就跟现在微信群里某个大V的"本群专用昵称"，若是偶然流传出去，后世网络考古的人们也得抓狂。

知道小陈在文中给亲友们取"假名"的思路如此奔放，考证的时候也就撒开了胡思乱想。

比如文中另一个相当活跃的小哥"仲澜骑尉"，一天到晚拎着小陈去见这个姑娘、那个姑娘，小陈第一次见紫姬，就是被他带去某个局。

刚开始找出侯云松，我十分兴奋，想当然地认为这个"仲澜骑尉"就是侯云松著名的小友汤贻汾，因为小汤以父荫袭云骑尉，而且名字里有两个水字旁的字儿，正好凑成"仲澜"。

但是接着就发现了新的线索，小陈曾为《秦淮画舫录》作序，在《香畹楼忆语》中，他说是应仲澜骑尉小哥所托。而《秦淮画舫录》里写的是"七夕生属（嘱）为捧花生《秦淮画舫录》弁言"。则这位"仲澜骑尉"在《秦淮画舫录》里叫作"七夕生"。

《秦淮画舫录》里没有透露这位活跃的"七夕生"是谁，但作者的另一部《画舫余录》里写道："瓜庭，号七夕生，二波，亦号七夕生，余识二波，不识瓜庭。"

所以这个"七夕生"是"二波"，难怪小陈把他叫作"仲澜"！

小陈的好基友里，有一对姓王的兄弟：王嘉福和王嘉禄。其中王嘉福，字谷之，号二波，曾任江西文英营都司，仪征守备，所以也可以算是个"骑尉"。

于是"仲澜骑尉"的真实身份最终浮出水面……这一大圈绕的，累死我了。

诸如此类抽丝剥茧，连猜带蒙，算是把稍微有点戏份的出镜嘉宾找了个七七八八。

比如老一辈有个"安定考功"，感觉也是一个笑眯眯看着小辈鸳鸯的人物，小陈把《香畹楼忆语》和其他悼念紫姬的文字编成一本《湘烟小录》，为其作序的是一位叫马履泰的老先生。马老是仁和人，号菽庵，又号秋药、药庵，活跃在《秦淮画舫录》里的"药庵"就是他，"安定"对应"泰"，"考功"对应"履"，所以这一位应该就是马履泰了。

其他还有诸如"汝南探花"，那肯定是个姓周的探花，道光三年正好有个叫周开麟的探花，江宁人，没的说了，就是他！

"芳波大令"是陶焜午，因为他字香泉，曾为清河县令。

"玉山主人"或为汪度，因为他著有《玉山堂词》，以至于我怀疑一直没有定论的《雷峰塔传奇》的作者"玉山堂主人"是不是也是他……诸如此类，都放在原文注释里，这里就不一一赘述了。

当然也有死活考证不出来是谁的，比如"申丈白甫暨晴梁太史，为宣芳愫"中的"晴梁太史"，如果这个"暨"字作"即"讲，那么这是一个人，侯云松老先生做过安徽教谕，而当时确实会把教谕叫作"太史"，虽然"晴梁"不知何解，但也勉强说得过去。

可如果这里"暨"字是"和"的意思，这是两个人，那就真的除非起小陈于地下揪着衣领问一问，不然没法知道这突然冒出来惊鸿一瞥的"晴梁太史"是谁了。

此类情况，只得存疑，或许读者诸君有博学多才者，能帮着考证或脑洞出这些小陈的好基友们都是谁，还请不吝赐教啊！

《香畹楼忆语》中的诗词

《赠幼香》陈裴之

金陵有停云主人者，红妆之季布
也。珍其弱息，不异掌珠；谬采虚声，
愿言倚玉。申丈白甫暨晴梁太史，为宣
芳悰。余复赋诗谢之。

其一

肯向天涯托掌珠，<u>含光佳侠</u>意何如？

<u>桃花扇</u>底人如玉，珍重侯生一纸书。

含光佳侠：

亦作"佳侠函光"，指光彩照人的美女。"佳侠"即美人、佳
人之意。

桃花扇：

此处用李香君和侯方域的故事。

明末秦淮名妓李香君，与名士侯方域相恋。明亡，侯往史可法

249　　　　　　　　《香畹楼忆语》中的诗词

麾下效力，李闭门谢客，为豪强所逼，撞栏杆明志，额血溅在侯送给她的扇子上。后来侯的友人杨文骢（没错！他是《七剑下天山》里那个杨云骢的原型）在扇子上画了一树桃花，成为美谈与传奇。

清代孔尚任的名剧《桃花扇》即是据此创作的。此诗最后一句中的"侯生"即是指侯方域。

其二

新柳雏莺最可怜，怕成薄幸杜樊川。
重来纵践看花约，抛掷春光已十年。

新柳雏莺：

指年少的美人，尤其是青楼中的美人。

古人常用"柳"与"莺"来代指青楼女子，新柳是刚发芽的嫩柳枝。这一组诗所赠的幼香姑娘，既为停云主人最小的女儿，则小陈赠诗时应非常年轻。

杜樊川：

唐代诗人杜牧，号樊川居士，世称"杜樊川"。与李商隐齐名，称"小李杜"——相对于李白杜甫这一对儿"李杜"而言。所以杜牧也被称为"小杜"。

除了诗名，小杜的多情与薄幸也是很有名的（感觉一半诗作不是在勾搭美人，就是在和美人告别）。《唐诗纪事》传说他曾在湖州看到一个少女，十分美丽可爱，十四年后杜牧重过湖州时，想起这姑娘来，才知道她已经嫁作人妇。于是写下了"自是寻春去校迟，不须惆怅怨芳时。狂风落尽深红色，绿叶成阴子满枝"的诗句，小陈后两句诗"重来纵践看花约，抛掷春光已十年"就是化用此意。

其三

生平知己属**明妆**，争讶**吴儿木石肠**。

孤负**画兰年十五**，又传消息到**王昌**。

明妆：

明媚的妆面，代指美人。

吴儿木石肠：

吴地的少年。

小陈祖籍杭州，常住苏州和扬州，总之是生于长于吴越一带，所以自称"吴儿"。

关于"吴儿"的"木石心肠"，即不解风情，出自《晋书》，说西晋时会稽一个叫夏统的隐士，到洛阳时，太尉贾充听说他性情刚严，厌恶尘嚣，就让装扮华丽的妓女乘画舫围着他的船打转，夏统视若不见。于是众人感叹："此吴儿是木人石心也。"

于是留下了一个"吴儿木肠"的典故。小陈正好是"吴儿"，又拒绝了佳人的心意，所以自嘲为"吴儿木石肠"。

画兰年十五：

化用明末清初"江左三大家"之一的诗人、学者、名士吴伟业的《画兰曲》第一句，"画兰女子年十五"。

吴伟业这首诗据说是写给明末秦淮名妓卞玉京的，而吴伟业和卞玉京最终是未成好事，小陈化用到自己赠幼香的诗句中，也算妥帖。

当然也可能没有那么复杂，只因幼香当时也是十五岁。

王昌：

古诗，尤其是情诗中出现的"王昌"，一般都是指传说中的美人莫愁所爱慕的帅哥。出自传说为梁武帝萧衍所作的《河中之水歌》最后一句"人生富贵何所望，恨不嫁与东家王"。

也不知后世的人们是怎么考证出这个"东家王"就是"王昌"的，反正大家都这么说。有嫌疑的原型历史人物不少，但都没有定论。

事实上，这就和西方谚语里的"白马王子"一样，指的是每个人心目中爱而不得的那个"理想型"吧。

其四

催我空江打桨迎，误人从古是浮名。

当筵一唱琴河曲，不解梅村负玉京。

空江：

浩瀚寂静的江面。

琴河曲：

即吴伟业所作的《琴河感旧》诗四首。

吴伟业号梅村，一般称为"吴梅村"，与名妓卞玉京相恋，但最终未成好事（主要原因在于吴梅村的犹豫和逃避）。明亡后吴与卞多年未见，重逢时卞已出家为女冠，吴感伤不已，写下四首《琴河感旧》。

所以陈裴之此诗下一句"不解梅村负玉京"，即是用此典故，也可以看出后世人们普遍认为是吴梅村辜负了卞玉京。

其五

白门杨柳暗栖鸦，别梦何尝到谢家？

惆怅郁金堂外路，西风吹冷白莲花。

白门杨柳暗栖鸦：

白门代指南京，六朝时南京（当时名"建康"）宣阳门俗称"白门"，后用来代指南京。幼香是金陵人，故用此典。

典出南朝一首乐府民歌《杨叛儿》中的一句"暂出白门前，杨柳可藏乌"。"杨叛儿"是"杨婆儿"的讹音，是说南朝齐文安太后王宝明，宠信一位女巫，女巫之子杨昱时常随母亲进宫，后与太后有私情，民间传得沸沸扬扬，便有童谣流传，讽刺此事，曰："杨婆儿，共戏来。"后"婆"字被讹为"叛"字，而"杨叛儿"也就成为香艳中带点不伦刺激的艳情的代表。

但以小陈所言，他和幼香姑娘清清白白，所以这一句应该只是借来写时间地点。

谢家：

古诗中常用"谢娘"指代自己爱慕的女子，原型应该是东晋大才女谢道韫。但渐渐地也同样成为诗人们心中爱而不得的"理想型"代言人。

而谢家，即是"谢娘"的居处，诗人所爱女子所在的地方。

此处是化用唐代诗人张泌的名句"别梦依依到谢家，小廊回合曲阑斜。多情只有春庭月，犹为离人照落花"。

郁金堂：

古诗中常用来指美人的居处。

出自南朝梁武帝《河中之水歌》："卢家兰室桂为梁，中有郁金苏合香。"咏的是南朝著名美人（也是中国古代诗词中一个著名的"美人意象"）——莫愁。

有意思的是，梁武帝这首诗里所咏的莫愁，"十五嫁为卢家妇"，尽享荣华，但"人生富贵何所望，恨不早嫁东家王"，这又回到了第三首诗所写的"又传消息到王昌"。小陈把幼香比作莫愁，自比王昌之意十分明显。

西风吹冷白莲花：

化用南宋词人周密《水龙吟·白莲》中："想鸳鸯、正结梨云好梦，西风冷，还惊起。"所以西风吹冷白莲花，是惊破了鸳鸯梦。

大概因为婉拒人家姑娘时，总不好表现得过于无情，所以小陈诗中选用的意象典故，都有那么点说不清道不明的情意绵绵的味道。

《再赠幼香》陈裴之

　　停云娇女幼香将有所适……（紫姬）曰："……此君误之也，宜赋诗以志君过。"时幼香甫歌《牡丹亭·寻梦》一出，姬独含毫蘸墨，拂楮授余。余亦怦然心动，振管疾书。

其一

休问<u>冰华旧镜台</u>，<u>碧云日暮</u>一徘徊。
<u>锦书</u>白下传芳讯，<u>翠袖朱家</u>解爱才。
春水已催人早别，桃花空怨我迟来。
闲翻<u>张泌妆楼记</u>，辜负莺期第几回？

冰华旧镜台：

　　用东晋名将温峤"玉镜台"典故。

　　典出《世说新语》，故事十分有趣，是说温峤的堂姑托他给自己的女儿找个好女婿，温峤想娶表妹，就问："像我这样的人可以吗？"堂姑是个实在人，说哪里敢奢望像你这样的人才。

后来，温峤诈称已经物色到了一个好人选，送去一只玉镜台作为聘礼。婚礼上，新娘却扇之际（那时候新娘不遮盖头，用团扇遮面即可），笑道："我就怀疑是你这个老东西，果然被我猜中了！"（原话是"［新妇］大笑曰：'我固疑是老奴，果如所卜'。"）

故事虽然可爱，小陈用在这里，一个"休问"，一个"旧镜台"，就把自己摘得干干净净——虽然语气不无惆怅。

不过既然按照他的说法，只不过是幼香的母亲托人来递了个话，根本没谈婚论嫁，所以用"旧镜台"是不是把事儿说严重了？也可能小陈的本意不在镜台，而在故事的男主温峤。从后文可以看出，小陈一向自命豪杰之士，所以这里拿东晋名将自比。

碧云日暮：

出自南朝诗人江淹《休上人怨别》中"日暮碧云合，佳人殊未来"一句，表达等不到佳人（与佳人错过）的惆怅。

锦书：

也称"锦字书"，原意是妻子写给丈夫的书信，后来成为书信的美称。

出自《晋书》，前秦秦州刺史窦滔被秦王苻坚发配沙洲(今敦煌)，其妻苏蕙思念不已，"织锦为回文旋图诗以赠滔。宛转循环以读之，词甚凄惋"。

翠袖朱家：

"翠袖"指佳人，有时特指风尘女子，所谓"红巾翠袖"或"红裙翠袖"。

"朱家"是秦汉之际的著名游侠，小陈在文中将幼香的母亲"停云主人"比作"红妆季布"，言其豪气。"翠袖朱家"也是这个意思。

张泌妆楼记：

张泌是五代南唐诗人、名士，他写了一本叫《妆楼记》的非常奇妙的小书，关于美人服饰、妆容和八卦段子。可见为美人操心，自古就是名士的乐趣。小陈用此典故，大约是说自己"闲来"也曾在美人身上花过心思，对美人并非完全无情。而最终"辜负莺期"，实属无奈。

其二

却月横云画未成，低鬟拢鬓见分明。
枇杷门巷飘镫箔，杨柳帘栊送笛声。
照水花繁禁著眼，临风絮弱怕关情。
如何墨会灵箫侣，却遣匆匆唱渭城。

却月横云：

却月、横云都是画眉的样式，古代以画眉指代夫妻恩爱，即"张敞画眉"的典故，西汉张敞官至京兆尹，在家中为妻子画眉，有好事者指摘他不成体统，他坦然回答"闺房之私，有甚于画眉者（两口子关起门来做的事儿，可比画眉轻浮多了）。"

这里画眉未成，也就是说好事未成。

枇杷门巷：

原指唐代名妓薛涛的居所，后指名妓所住之处。

薛涛美而多才，人称"女校书"（古代有"校书郎"一职，负责修订典籍）。诗人王建有一首《寄蜀中薛涛校书》诗，写道："万里桥（在四川成都）边女校书，枇杷花里闭门居。"后世便用枇杷门巷指名妓居所。

灵箫侣：

神仙眷属，用"萧史弄玉"的典故：春秋时秦穆公的女儿弄玉擅长吹箫，曾梦到一美少年吹箫与自己相和；秦穆公便派人四处寻访，于华山寻到此人，名为萧史，与弄玉结为夫妇；萧史自称上界仙人，与弄玉吹箫时有龙凤来降，二人乘龙凤而去。后世传为佳话，并留下了"乘龙快婿""乘鸾""萧史弄玉""箫侣"等一串典故。

唱渭城：

"渭城"是指唐诗人王维那首著名的《渭城曲》："渭城朝雨浥轻尘，客舍青青柳色新。劝君更尽一杯酒，西出阳关无故人。"

后世便以"唱渭城"代指离别。

其三

如花美眷水流年，拍到红牙共黯然。

不耐闲情酬浅盏，重烦纤手语香弦。

堕怀明月三生梦，入画春风半面缘。

消受珠栊还小坐，秋潮漫寄鲤鱼笺。

如花美眷水流年：

出自明代剧作大家汤显祖《牡丹亭》中"如花美眷，似水流年"一句，对应前文说幼香当时正在唱《牡丹亭·寻梦》一出。

红牙：

即红牙板，又称"红牙檀板"，红檀木制的牙板。

牙板，也作"牙版"，唱歌时打拍子用的一种乐器，名贵的用象牙制成，故后世美其名曰"牙板"。

纤手语香弦：

即美人弹琴，纤手仿佛与琴弦共语，或使琴弦诉说。

唐代著名诗人李群玉《醉后赠冯姬》诗中有"二寸横波回慢水，

一双纤手语香弦"的诗句。

堕怀明月：

用南朝宋诗人鲍照《代淮南》一诗中"愿逐明月入君怀"诗意。

"愿逐明月入君怀"固然是姑娘勇敢地表达爱意，而"代淮南"这个"淮南"，指的是淮南王刘安，他好道，求长生，据说不近女色，则宫中美人多有哀怨。小陈用在这里，也是表达自己只能辜负美人"明月入君怀"的好意了。

三生梦：

用"三生石"典故，古人常说"缘定三生"，最初却是指朋友之谊，是说唐代有个叫圆观（一说圆泽）的和尚，与洛阳太守李源是好友，圆观圆寂前告诉李源自己将转世为一婴儿，洗三时可以一见，然后就是十二年后钱塘天竺寺外相见了。

李源守信，先是围观了人家出生三天的庆祝活动，然后十二年后到天竺寺蹲守，果然遇到一个牧童，唱"三生石上旧精魂……此生虽异性长存"，就是圆观转世的那个孩子。

后世人们便用"缘定三生石"形容前生后世缘分深厚。而小陈这里写作"三生梦"，意思是也许前世有缘，但也不过恍然如梦，言下之意是今生是做不得准的。

入画春风：

这里应该是化用杜甫咏王昭君的诗句"画图省识春风面"。

传说汉元帝时画师毛延寿为宫人作画，没有画出王昭君的绝世姿容（一说是王昭君不肯贿赂毛延寿），后来昭君出塞前汉元帝匆匆一见，惊为天人，但也无计可施，与绝代佳人只有一面之缘了。

故事虽然荒诞，但后世的文人十分喜欢，诗文中反复用到此典。小陈在这里一方面赞美幼香的美丽仿佛"春风入画"，可以比肩王昭君，另一方面也是感叹自己与她只有"半面之缘"——以及都是自己的错。

消受：

享受，受用的意思。而且这个词还有一种微妙的"本来没有这个福气但是机缘巧合偶然享受"之意。

珠栊：

珠玉装饰的窗棂，言其华丽。而古诗文中常用佳人居处之华丽来表明佳人之美丽与骄矜。

鲤鱼笺：

即书信。典出汉代乐府《饮马长城窟行》："客从远方来，遗我双鲤鱼。呼儿烹鲤鱼，中有尺素书。"

后世便用鲤鱼笺或鱼笺代指书信。

当然古人不可能真的把信放在鲤鱼肚子里传递，真正的鲤鱼笺，是古人在发明纸张和信封之前，多把信写在白绢白布上，为了避免传递途中损毁，会用两片木板把它夹起来，两片木板多刻成鱼形，要读信就要先将之从"鱼腹"中取出，即所谓"要知心里事，看取腹中书"。

其四

一剪孤芳艳楚云，初从香国拜湘君。

侍儿解捧红丝研，年少休歌白练裙。

桃叶微波王大令，杏花疏雨杜司勋。

关心明镜团圞约，不信扬州月二分。

楚云：

"楚云"一词有两个意思，一个是指楚地之云，一个是指女子的秀发。两个意思在这里都说得通。

虽然这一组诗是应紫姬要求写给即将远嫁的幼香的，但很明显小陈真正的用意是写给紫姬看的。所以写到这最后一首时，很明显诉说的对象已经换成了紫姬。

而从后文可知，紫姬喜欢清雅淡妆，所以这里可能是实写她当时的装束，满头秀发只用一支"孤芳"簪住，却立刻明艳起来。

也有可能这里的"一剪孤芳"就是指紫姬。楚地之云，本就有云雨香艳之意，而在这云雨摇曳的情场中，素净出尘的紫姬仿佛一支淡雅的"孤芳"。

香国:

指花国，也即众芳丛中。

湘君:

湘君的原意是指湘水之神，这里指紫姬。

因为紫姬名"子兰"，字紫湘，三湘之地一向被认为盛产兰花，而兰花又是花中君子，被认为是"湘君之佩"，所以这里用湘君代指兰花，进而代指紫姬。

小陈这是第一次见到紫姬，故言"初从香国拜湘君"。

红丝研:

研，即"砚"，红丝砚是一种珍贵的砚台，出自山东青州，用当地红丝石制成，曾被称为"诸砚之首"。

当然，这里应该不是实指，而是指一方珍贵高级的砚台。从文中看，这是紫姬铺开纸，拿起笔，请小陈题诗，那么就有"解事"（懂事）的侍儿捧来"红丝砚"，方便写诗。

白练裙:

这里出现"白练裙"稍微有点违和，估计主要是为了和"红丝砚"对仗。

史上白练裙的典故有两个，一个是东晋王献之和他的好基友关于书法练习的故事，比较正经（虽然其实也不是很正经），但显然意思对不上。

而另一个"白练裙"，是明末一个有点无聊的文人郑之文写的剧本。据说郑与当时名士屠隆有过节，屠隆和另一个叫王稚登的文人，与当时秦淮名妓马湘兰交好，虽然大家都一把年纪了（屠七十多岁，马六十多岁），行事仍放诞不拘礼法。

郑就写了剧本《白练裙》，嘲讽他们三人，其中某些内容还十分重口，广受欢迎。

但事实上马湘兰可以说是当时秦淮名妓之首，工书善画，才华横溢，性情也非常豁达，郑还曾经特意请马看过此剧，马微笑而已。

小陈这里写"年少休歌白练裙"，应该是化用钱谦益的诗句"游人尚酹湘兰墓，子弟争翻《白练裙》"。紫姬名子兰，字紫湘，名字与马湘兰相似，甚至似乎与马湘兰颇有渊源（我一直怀疑她的嫂子马闰湘是马湘兰的后人）。

所以小陈这句诗的意思应该是年少轻薄子弟就不要在那里随意翻唱《白练裙》了，你们根本不知道马湘兰这样的名妓是什么段位，有多么美好。

王大令：

指东晋著名书法家王献之（"书圣"王羲之的儿子），他与弟弟王珉都曾任中书令（相当于国务院办公厅秘书长），且官声名望都很好，即所谓的"有令名"，所以人们就把王献之叫"王大令"，王珉叫"王小令"。

而王献之有个爱妾叫桃叶（一说是一对姐妹，一名桃叶，一名桃根），秦淮河上的桃叶渡，传说就是当年桃叶渡河来归王献之，王献之打桨亲迎的地方。为此还留下了乐府民歌《桃叶歌》："桃叶复桃叶，渡江不用楫，但渡无所苦，我自迎接汝。"（也有说这诗就是王献之写的。）

小陈这里写"桃叶微波王大令"，是隐晦地向紫姬表白：如果你渡江而来，我也会像王前辈那样去接你的。

同时也呼应前面写给幼香的诗中"催我空江打桨迎""桃花空怨我迟来"的句子。

杜司勋：

指唐代著名诗人杜牧，曾任司勋员外郎（大致相当于人事部高级文员），所以人称"杜司勋"。

这里出现小杜，也有点奇怪和违和，估计还是为了对仗工整（写诗的人为了对仗工整，真的什么事儿都干得出来）。

因为小杜留在文学史上的形象，是相当浪荡且薄幸的，他自己都说"十年一觉扬州梦，赢得青楼薄幸名"。前面小陈写给幼香的诗中，还说"怕成薄幸杜樊川"。

而且小杜和"杏花微雨"放在一起，就更奇怪了，因为小杜最有名的关于"杏花微雨"的诗，是那首《清明》，没错，就是"牧童遥指杏花村"那首。

所以小陈在这里写一句"杏花微雨杜司勋"是几个意思？

可能，我猜测，是用小杜"春风十里扬州路，卷上珠帘总不如"的诗意吧，隐晦地表达自己对紫姬一见钟情（以前的姑娘他都没看上）。

明镜：

这里的明镜指月亮，所以接下来的"团圆约"，就是期待花好月圆之时相约的意思。

扬州月二分：

古代一直有种说法，天下三分月色，二分在扬州，出自唐代诗人徐凝《忆扬州》一诗："天下三分明月夜，二分无赖是扬州"，一般认为这里的"无赖"作"可爱"解，而徐诗人之所以认为"二分明月在扬州"，也是因为他牵挂的姑娘在扬州。

此时小陈的父亲任江都县令，举家在扬州，而紫姬是金陵人，所以小陈这里写"不信扬州月二分"，真正的意思是说自己喜欢的姑娘不在扬州，那么扬州的月色也就没有二分了。

《赠人》 王子兰

烟柳空江拂画桡，石城潮接广陵潮。
几生修到人如玉，同听箫声廿四桥。

画桡：

桡是船桨，画桡是装饰图案的船桨。如果连船桨上都画着图案，可见船有多么精致华美。

石城潮：

石城指南京，因为南京又名"石头城"。现在去南京当然是看不到潮的，但宋元之际，到明朝，"石城潮"还是很有名的。有不少诗词里写到"石城潮"，如"云雨或时消息断，不如朝暮石城潮""说与世儿终不省，九秋看起石城潮"，等等。

广陵潮：

广陵即扬州，扬州现在也看不到潮水了，但秦汉之际，到唐代之前，广陵潮才是气势雄浑的大潮，类似如今钱塘潮的地位。唐之后长江入海口泥沙淤积，日渐东移，广陵潮就消失了。而后兴起的是石城潮，所以紫姬在这里写"石城潮接广陵潮"。

又因为紫姬在南京，小陈在扬州，因此这一句"石城潮接广陵潮"，也相当于含蓄而又俏皮地表示：你的心意，我接到了。

廿四桥：

即二十四桥，扬州的著名景点，但究竟是二十四座桥，还是一座桥名为"二十四桥"，一直没有定论。

紫姬这里是化用杜牧的诗句"二十四桥明月夜，玉人何处教吹箫"，以及宋代大词人姜夔"旧时月色，算几番照我，梅边吹笛。唤起玉人，不管清寒与攀摘"的词句。

如果说前两句，紫姬是含蓄地表示感受到了小陈的心意，那这后两句，就是大胆地告白了：不知我有没有缘分，做那个二十四桥边与你一同听箫的玉人呢？

且"同听箫声"，也是用萧史弄玉的典故，表示愿意结为情侣。

《得紫姬书》 陈裴之

从申丈处得姬芳讯，倚栏循诵，纪
之以诗。

二月春情水不如，玉人消息托双鱼。

眼中翠嶂三生石，袖底金陵一纸书。

寄向江船回棹后，写从妆阁上镫初。

樱桃花淡宵寒浅，莫遣银屏鬓影疏。

二月春情水不如：

　　即柔情似水，甚至柔情胜水的意思。

双鱼：

　　见前"鲤鱼笺"注释。（不是双鱼座……）

三生石:

见前"堕怀明月三生梦"注释。小陈这一句是说得到紫姬消息，眼前的青山都仿佛变成了三生石，记载着他和紫姬缘定三生。

樱桃花淡宵寒浅，莫遣银屏鬓影疏:

这两句是把紫姬比作樱桃花，后文可知紫姬容貌秀雅，喜欢淡妆，年纪又小，所以小陈把她比作淡粉色的樱桃花。

"宵寒浅"是指夜深花睡，但因为有心事，所以睡眠很浅。于是小陈有点心疼地叮嘱"莫遣银屏鬓影疏"，别因为睡不好而容颜憔悴啊。

鬓影是指鬓边的发丝，鬓影疏指发丝散乱、无心打扮的样子。

——不过也似乎可以理解为掉头发。所以说人还是要会写诗啊，不然你对一个姑娘说："你可别想我想得掉头发啊！"看看会是什么下场。

《国香词》 陈裴之

　　紫姬来归……朗玉山房瓶兰，先茁
同心并蒂花一枝，允庄曰："此国香之
征也。"……因赋《国香词》。

　　悄指冰瓯，道绘来倩影，浣尽离愁。

　　回身抱成双笑，竟体香收。

　　拥髻离骚倦读，劝骞芳人下西洲。

　　琴心逗眉语，叶样娉婷，花样温柔。

　　比肩商略处，是兰金小篆，翠墨初钩。

　　几番孤负，赢得薄幸红楼。

　　紫凤娇衔楚佩，惹莲鸿，争妒双修。

　　双修漫相妒，织锦移春，倚玉纫秋。

冰瓯:

　　原意是指冰盘或洁净的杯子，这里应该是指养兰花的花盆，或者是冰纹，后者颜色质地如冰。

绘来倩影：

画中人，这里指兰花的姿容仿佛紫姬的身影。同时应该也用到了唐传奇《画中人》的典故，是说一个姓赵的书生得到一幅美人图，爱上了画中人，画家指点他说：画中人的名字叫"真真"，你如果昼夜不停地喊她的名字，喊足一百天，她就会从画中下来，与你结为夫妇。

书生果然照办，也果然得到了画中人。而小陈将娶紫姬，也是得到了如诗如画的佳人。

抱成双笑：

双笑可以解释为美人笑起来现出两个酒窝，也可以指左拥右抱，抱住两位美人。

值得注意的是，上一句中，"悄指冰瓯"说话的人，应该是小陈的妻子允庄。所以这一句"回身抱成双笑"，要么抱的是允庄，要么是一下抱住两人，凑成"双笑"。

竟体香收：

太过香艳，不解释。

拥髻：

女子抬手撑住头的动作。我觉得这里"拥髻离骚倦读"的，还是允庄。前文说过，允庄因为选编《明诗》而得失眠症，所以希望小陈能够纳妾。与这里"拥髻倦读"的形象相吻合。

至于为什么读的是《离骚》，因为《离骚》里有很多关于兰花的描写，与这首词的主旨意境契合。

同时也引出下句"劝搴芳人下西洲"，"搴芳人"是离骚中一个常用的意象，采兰佩兰，言人品的高洁。当然这里双关"采花人"，说白了，就是允庄打发小陈去紫姬那儿。

琴心：

指柔情，爱慕之心，古代男女往往以琴声传情，则琴心即柔情。

眉语：

目成眉语，指情侣两情相悦，眉目传情。

比肩商略：

比肩即并肩。

商略即商量，但是有种微妙的亲昵之感。

这里"比肩商略"的，可能是小陈和紫姬，言其新婚甜蜜。也可能是允庄与紫姬，君不见小陈时时处处要表明自己的妻和妾关系亲密么。

我倾向于后一种，因为后面接着"兰金小篆，翠墨初钩"，都是女性打扮装饰之物，应该是允庄和紫姬肩并肩聊一些女孩子的话题。

当然，如果把"兰金小篆，翠墨初钩"理解为更隐晦更香艳的意思，那就是小陈和紫姬肩并肩商量的了。

孤负：

即"辜负"。

这里小陈还在刷他青楼薄幸的人设……

紫凤娇衔楚佩：

这一句十分香艳也十分微妙。

化用李商隐《碧城诗》中"紫凤放娇衔楚佩"一句，后一句是"赤鳞狂舞拨湘弦"，似乎是用神仙典故，但也可以理解为"被翻红浪"的尽兴之夜。

更值得玩味的是，小李诗中前面两句是"不逢萧史休回首，莫见洪崖又拍肩"。

萧史前面说过了，洪崖即洪崖子，也是传说中的一位仙人。这句妙在化用东晋诗人郭璞《游仙诗》中"左挹浮丘袖，右拍洪崖肩"一句，原诗是显摆自己和神仙们关系好，不管是浮丘公还是洪崖子都随便拉拉抱抱。但因为诗意太微妙，后世往往用来暗指脚踩两只船，而且是女性脚踩两只船。

知道了这些，再看小李这四句诗："不逢萧史休回首，莫见洪崖又拍肩。紫凤放娇衔楚佩，赤鳞狂舞拨湘弦。"是不是就有了微妙的不能直视感。

不能直视就对了。

化用这句的小陈，后面接了一句"惹莲鸿，争妒双修"。

"莲鸿"是指外面的莺莺燕燕。宋代词人晏几道，写了许多赠给各位歌姬妓女的词，他心心念念的几位名字分别是莲、鸿、苹、云，后世便用"莲鸿苹云"代指事如春梦了无痕的无缘的佳人们。

而这些无缘的佳人，"争妒双修"，这个"双修"，看似是说紫姬"福慧双修"，即古代对女孩子最高的祝福与赞美。然而联系前面"紫凤娇衔楚佩"一句，"双修"似乎也有了别的意思，不能直视起来。

而小陈最后还要得了便宜卖个乖，说什么"双修漫相妒，织锦移春，倚玉纫秋"，大意是说自己人才出色，手段巧妙，所以能够春兰秋菊并收。

织锦移春：

织锦，即织锦回文，前面"锦书白下传芳讯"解释过了。

移春是用唐代"移春槛"的典故。杨国忠将奇葩名花种在一辆木板车里，做成门槛的样子，走到哪里，就把它牵到哪里，"所至之处，槛在目前，而便即欢赏，目之为'移春槛'"。说白了就是活动的植物背景板。

小陈这里是说，将紫姬这朵名花移到自己家中，靠的不是"移春槛"这样的装置艺术，而是因为允庄和紫姬都是能锦"治"回文的才女，惺惺相惜。

倚玉纫秋：

倚玉的原意是"蒹葭倚玉树"，芦苇和玉树琼枝并列，形容双方品貌不相当，后用于"高攀"的谦辞。

纫秋化用屈原《离骚》中"纫秋兰以为佩"一句，就是采下兰花带在身上。

小陈这里是说自己何德何能，靠着允庄这琼枝玉树，同时还采下了紫姬这朵空谷幽兰。虽然"倚玉"一词似乎是将自己比作那根芦苇，但仍然有种掩饰不住的得意扬扬啊。

《金缕曲》 陈裴之

　　莲因女史雅慕姬名，背摹"惜花小影"见贻："衣退红衫子，立玉梅花下，珊珊秀影，仿佛似之。"时广寒外史有"香畹楼院本"之作，余因兴怀本事，纪之以词。

省识春风面，忆飘镫、琼枝照夜，翠禽啼倦。

艳雪生香花解语，不负山温水软。

况密字、珍珠难换。

同听箫声催打桨，寄回文大妇怜才惯。

消尽了，紫钗怨。

歌场艳赌桃花扇，买燕支、闲摹妆额，更烦娇腕。

抛却鸳衾兜凤舄，髻子颓云乍绾。

只冰透、鸾绡谁管？

记否吹笙蟾月底，劝添衣悄向回廊转。

香影外，那庭院。

省识春风面：

化用杜甫"画图省识春风面"诗句，见"入画春风半面缘"一句前注。

飘镫：

镫，同"灯"，指油灯。应该是化用李商隐《春雨》诗中"红楼隔雨相望冷，珠箔飘灯独自归"诗意，意思是回忆自己与紫姬相遇之前，取次花丛却黯然独自离去的状态。后面"琼枝照夜，翠禽啼倦"，也是这种"拣尽寒枝不肯栖"的做派。

密字：

密札、密信。所以当时侯云松老先生应该是给小陈带来了紫姬的亲笔密信。

珍珠难换：

应该是用唐玄宗妃子江采苹"何必珍珠慰寂寥"的诗意，即紫姬的"密字"慰藉了小陈的相思和寂寥，所以比珍珠还珍贵。

同听箫声催打桨：

见前"同听箫声廿四桥"和"催我空江打桨迎"之句。

回文：

即"锦书"，又称"璇玑图"，典出苏蕙寄给丈夫窦涛的织锦，上面织的是一首回文诗，八百四十个字，据说可以读出两百首诗。

大妇：

正室，指小陈的妻子允庄。

大妇怜才大概是古代文人的梦想，这一段即前文所写"闺人契胜瑮之才"。

紫钗：

指汤显祖的《紫钗记》，根据唐代著名传奇《霍小玉传》改编。《霍小玉传》讲的是女主爱慕男主而不得的悲剧故事，剧本改成了大团圆的结局，但中间仍少不了失落怨望的情节，所以这里说"紫钗怨"。

而小陈因为妻子允庄怜惜紫姬的才华，使他娶紫姬为妾的事儿推进得十分顺利，也就"消尽了，紫钗怨"。

男女主不能在一起的剧情如此之多，为何要用"紫钗"这个典故，我觉得可能还是因为紫姬字紫湘吧。

桃花扇：

清代著名剧作家孔尚任所作剧本，讲述明末秦淮名妓李香君和名士侯方域的故事。因为其中既有缠绵悱恻的爱情，又有慷慨激昂的节义，特别是女主李香君，出风尘而不染，高风亮节，所以在青楼中特别受欢迎。

"歌场艳赌桃花扇"，应该是下文小陈自述曾为《秦淮画舫录》作序，激昂赞叹李香君这样有气节有追求的名妓，希望这样的风骨标格能流传下来。

燕支：

即胭脂。

既是化妆品，也是作画的颜料。

闲掣妆额：

这里还是用《桃花扇》里的典故：李香君为侯方域守节，拒受奸臣之聘，触柱明志，血溅扇面，侯的好友杨文骢就在扇面上画了一树桃花。后世仰慕香君的女子，就用胭脂在眉心画桃花以纪念。

更烦娇腕：

指钱姬为紫姬画像的事，作画需劳烦"娇腕"，所以小陈这里道一声辛苦了。

凤舃：

绣花鞋。

这几句是对应钱姬画中的意境，即佳人夜月立梅花树下，只是将之动态化了："鸳衾"指绣着鸳鸯的锦被，掀开锦被，穿上绣花鞋，发髻已散，将如云乱发绾起，走出闺房，深夜独立。

"鸾绡"是绣着鸾凤的绡裙，"冰透鸾绡"是说佳人深夜月下久立，衣裙都变得冰凉。

而此情此景，她想的是什么呢？

小陈替她揣测，是不是还记得当时月下吹笙，有人劝她添一件衣裳，牵着她的手走过回廊，走回他们的小院。

《虞美人》陈裴之

于役彭城，寄姬词。

����冰瘦马投荒驿，负了卿怜惜。

累卿风雪忆天涯，休说可人夫婿是<u>秦嘉</u>。

平生知己饶<u>姝丽</u>，望远书频寄。

<u>榴裙红沁</u>泪痕多，况是比肩爱宠更如何？

秦嘉：

　　东汉诗人，与其妻徐淑感情甚笃，成为后世恩爱夫妻的代表。

　　小陈写这首词的背景，是紫姬出嫁之前，曾和家中姐妹看戏，其中一出有一句"可人夫婿是（似）秦嘉，风也怜他，月也怜他"，紫姬特别喜欢这一句，反复念诵，还被姐妹们取笑过。

而嫁给小陈之后，却是聚少离多，所以小陈不无愧疚地说"累卿风雪忆天涯，休说可人夫婿是秦嘉"。

姝丽：

美女、佳人。

这里是说紫姬不仅是小陈的爱妾，更是他的红颜知己。

榴裙红沁：

这里是化用武则天《如意娘》诗："看朱成碧思纷纷，憔悴支离为忆君。不信比来长下泪，开箱验取石榴裙。"

石榴裙是红色的裙子，看过《红楼梦》就知道，红裙不禁沾染，眼泪落上去会留下沁痕，所以说"榴裙红沁泪痕多"。

《蝶恋花》 陈裴之

下相道中寄畹君。

霜月当头圆复缺，跃马弯弓，哪怪常离别。

约了归期今又不，关山只认无啼鴂。

何事沾膺双泪热，帐下悲歌，竟未生同穴。

忍与归时镫畔说，五更一骑冲风雪。

关山：

这里关山只是一个意象，即离人眼中之山。

真正的关山在西北，虽然小陈常年在外奔波，但也只在江南一带，只是归期一再延误，眼前青山也成了隔绝的关山。

啼鸠：

鸠是伯劳鸟，往往于春末夏初时鸣叫，其声如啼，所以写思念与离情的诗词中，常用"啼鸠"来表达面对季节更替、时序轮回时的惆怅。

这里"只认无啼鸠"，是说即使啼鸠鸣叫，也不能回家，只好当作根本没这回事儿了。

沾膺：

膺是前胸，沾膺即低头落泪不止，湿透胸前衣裳。

竟未生同穴：

古代情人之间发誓，一般都说"生则同衾，死则同穴"。其实是化用《诗经》中"榖则异室，死则同穴。谓予不信，有如曒日"一句，原意是如果活着不能同居，那么死了也要埋在一起。

而小陈这里悲从中来，是觉得自己与紫姬聚少离多，难道真的要到"死同穴"时才能长相厮守吗？

《柳梢青》陈裴之

取次花丛，为谢诸姬。

其一

曳雪牵云，玉笼鹦鹉，唤掩重门。
曲曲回阑，疏疏帘影，也够销魂。

愁看照眼浓春，添多少香痕泪痕。
默默寻思，生生孤负，无数黄昏。

曳雪牵云：

出自唐代大诗人李贺《洛姝真珠》诗："玉喉窱窱排空光，牵云曳雪留陆郎。"形容佳人牵着衣袖殷勤挽留的样子。

其二

休蹙双蛾，<u>鬘华倩影，好伴维摩</u>。

娇倚<u>香篝</u>，话残银烛，闲煞衾窝。

更无人唱<u>回波</u>，只怕惹情多恨多。

叶叶花花，<u>鹣鹣鲽鲽</u>，此愿难么？

鬘华倩影，好伴维摩：

"鬘华"亦作"鬘花"，即曼殊沙华，佛经中指天上之花。

维摩指维摩诘，佛经中一位居士，十分富有，十分智慧。与诸菩萨和比丘说法，留下一部《维摩诘所说经》，又称《维摩经》。

这里是用《维摩经》中"天女散花"的典故：在维摩诘家中，菩萨说法时，天女散花，菩萨身上不沾花瓣，而弟子和俗人身上沾的花瓣则拂之不去。

小陈这里委婉（但也不失傲娇）地说，佳人的情意就像天女散花，只是自己无缘沾染，但一定会有像维摩诘居士这样的人，能接住这花。

香篝：

即熏笼。放在香炉上的罩笼，有竹木制，也有金属编织，可以把衣服搭在熏笼上熏香，也可以闲坐时倚靠，香气透衣而来，十分清雅。

话残银烛，闲煞衾窝：

小陈这里仍然在持之以恒地刷他青楼薄幸的人设，和人姑娘聊天都聊到蜡烛烧完了，就是不上床。

回波：

指《回波词》，唐朝的一首小调，歌词非常有趣："回波尔时栲栳，怕妇也是大好。外边只有裴谈，内里无过李老。"

小调流行于中宗时期，裴谈是当时的御史大夫，李老就是指中宗李显。两人都以怕老婆出名，所以歌中唱道"怕妇也是大好"，怕老婆是大好事儿啊。

这里小陈写"更无人唱回波"的意思，是说自己如此洁身自好，并不是因为怕老婆（笑），而是"怕惹情多恨多"。

鹣鹣鲽鲽：

鹣是比翼鸟，鲽是比目鱼，所以古人常用"鹣鲽情深"来比喻夫妻情深。但不管是鹣是鲽，都只有一对，如果要和遇到的"叶叶花花"都做鹣鲽，这样"鹣鹣鲽鲽"的事儿，小陈表示自己做不到，"此愿难么"。

《齐天乐》陈裴之

袁江羁旅得畹君书感寄。

年来饱识江湖味，今番怎添凄惋。

远树甖烟，残鸦警雪，人在黄昏孤馆。

更长梦短，便梦到红楼，也防惊转。

雁唉霜空，故乡何事尺书断？

书来倍萦别恨，道闺人小病，罗带新缓。

茗火煎愁，兰烟抱影，不是卿卿谁伴？

怜卿可惯，况一口红霞，黛蛾慵展。

漫忆扬州，断肠人更远。

《香畹楼忆语》中的诗词

蕹:

沾染。

兰烟:

芬芳的烟气。这里是说允庄抱病（"闺人小病"），紫姬照顾她，守在药炉旁，孤影被炉烟环绕的样子。

一口红霞:

即后文所说，紫姬此时已得咯血症。

《七律寄人》

其一（汪端寄紫姬）

梅雨丝丝暗画楼，玉人扶病上扁舟。

钏松皓腕香桃瘦，带缓纤腰弱柳柔。

五月<u>江声流短梦</u>，六朝山色送新愁。

勤调<u>药裹</u>删离恨，好寄平安水阁头。

江声流短梦：

"江声入梦"是写旅愁的诗词中常用的意象，而"江声流短梦"，则是说旅途中牵挂的事儿太多，睡眠不好，梦都短了。

药裹：

药包、药囊。

这句的意思是希望小陈"勤调药裹"好好照顾紫姬，紫姬"勤调药裹"好好治病，毋以"离愁"为意。也可以理解为期待回来团聚，将"离恨"二字从生活中删除。

其二（紫姬和汪端寄诗并呈太夫人）

风雨经春怯倚楼，空江如梦送归舟。

<u>绵绵远道</u>花笺寄，黯黯<u>临歧</u>絮语柔。

闺福难消悲薄命，慈恩未报动深愁。

望云更识郎心苦，月子弯弯系两头。

绵绵远道：

用汉乐府《饮马长城窟行》"青青河畔草，绵绵思远道"诗意。

临歧：

原意是面临歧路，彼此告别，分道扬镳，后来代指分离、分别。

其三（汪端寄陈裴之）

问君双桨载桃根，残月空江第几村？

淡墨似烟书有泪，远天如水梦无痕。

晚风横笛青溪阁，新柳藏鸦白下门。

更忆婵媛支病骨，背灯拥髻话黄昏。

问君双桨载桃根：

用王献之妾桃叶、桃根典故，见前"桃叶微波王大令"注。

青溪阁：

青溪是南京的一条水系，从紫金山南流经南京城进入秦淮河，又称"九曲青溪"，唐宋时此地有青溪阁，为著名景观。

新柳藏鸦白下门：

见前"白门杨柳暗栖鸦"注。

婵媛：

即"婵娟"，美好的样子，后指美人，这里指紫姬。

其四（陈裴之和汪端寄诗）

情根种处即愁根，<u>纱浣青溪别有村</u>。
<u>伴影带馀前剩眼</u>，捧心镜涩旧啼痕。
<u>江城</u>杨柳宵闻笛，水阁枇杷昼掩门。
回首重闱心百结，<u>合欢卿独奉晨昏</u>。

纱浣青溪：

这里用"西子浣纱"的典故，呼应后面一句"捧心镜涩旧啼痕"。事实上西子浣纱在绍兴若耶溪，这里只是借用一下，相当于说"咱们的病美人到了青溪"。

伴影带馀前剩眼：

用沈约"带惊剩眼"的典故。南朝梁大文学家沈约，称病请辞，自称"百日数旬，革带常应移孔"，意思是每隔几天，腰带就多出几个孔眼（即瘦得腰带越来越松），"剩眼"就是腰带上多出来的孔眼。

这句连同下句的意思是小陈带着紫姬回南京，留下允庄一人在家，和她做伴的只有空出"剩眼"的腰带和沾染泪痕的镜子。

江城：

古代南京也称"江城"。

合欢卿独奉晨昏：

"奉晨昏"即早晚向父母请安，意即照顾父母。

这句的意思是说，原本允庄与小陈结为夫妇，连理合欢，又有紫姬陪伴，现在小陈和紫姬都不在家，只有辛苦允庄一人照顾父母了。

《金缕曲》 陈裴之

七月四日兰陵舟夜，梦姬
笑语如平时。寤后纪以词曰：

喜见桃花面，似年时，招凉纳月，竹西池馆。

豆蔻香生新浴后，茉莉钗梁暗颤，恰小试玉罗衫软。

照水芙蓉迷艳影，问鸳鸯甚日双飞惯？

低首弄，白团扇。

星河欲曙天鸡唤。乍惊心，兰舟听雨，翠衾孤展。

重剪银镫温昔梦，梦比蓬山更远，怎醒后莲筹偏缓。

谩讶青衫容易湿，料红绡早印啼痕满。

荒驿外，五更转。

纳月：

即赏月。这里"纳"作享受的意思，如纳凉、纳福。

竹西：

指扬州。杜牧曾有诗句"谁知竹西路，歌吹是扬州"。紫姬嫁给小陈时，小陈的父亲任江都县令，举家在扬州。

豆蔻：

古人常用豆蔻来形容少女，当然是指豆蔻花。但同时豆蔻也是一种香料，所以说"豆蔻香生新浴后"。

钗梁：

也称"钗股"，钗是两根簪子合在一起而成的，所以会有两股，这两股即是钗梁。"钗梁暗颤"往往形容娇羞，也有更香艳的含义。

天鸡：

传说中天庭打鸣的鸡。李白有诗句"半壁见海日，空中闻天鸡"。这里是小陈说自己梦中惊醒，仿佛是被天鸡叫醒。

蓬山：

即蓬莱山，传说中的海上仙山。"蓬山远"往往用来形容情人相距遥远，李商隐《无题》有"刘郎已恨蓬山远，更隔蓬山一万重"的诗句。

莲筹：

　　古代计时的更漏往往雕刻成莲花的形状，莲筹即雕成莲花的更漏上计时的竹签或者木签。"莲筹偏缓"的意思是觉得时间过得太慢。

《香畹楼坐雨》陈裴之

　　姬最爱月，尤最爱雨……余因赋
《香畹楼坐雨》，诗曰：

　　　剪烛听春雨，开帘照海棠。

　　　玉壶销浅酌，翠被罩馀香。

　　　恻恻新寒重，沉沉夜漏长。

　　　宛疑临水阁，无那近斜廊。

恻恻：

　　寒冷、凄清。

无那：

　　"无那"是一个很有意思的词，"那"在这里读作"nuò"，通常认为作"无奈""无可奈何"解，感觉是读音更含糊爱娇的

"无奈"。

但也可以用作没什么意义的象声词，如"秋声无那夜苍茫"。

这里两种解释都说得通。听到雨声淅沥，恍惚间以为在水边的阁子上，但无奈只是雨打回廊的声音。

《清平乐》 陈裴之

香畹楼坐月。

蟾漪浣玉，人影天涯独。
镜槛妆成调钿粟，应减旧时蛾绿。

归来梦断关山，卷帘暝怯春寒。
谁信黛鬟双照，一般孤负阑干。

蟾漪：

月光。

传说月中有蟾蜍，所以"蟾"也代指月亮，蟾漪是蟾蜍在水中掠出的波纹，那么如果蟾蜍是月亮的话，那么"蟾漪"就是月亮在夜空中洒下的月光。

浣玉：

玉是指玉人，即美人。

因为前面把月光比作水波，所以月光照在美人身上，就被喻为"浣玉"，玉人沐浴在如水的月光中。

镜槛：

镜台，也指水边的栏杆。

钿粟：

镶嵌在器物上的金玉珠贝的细粒。

这一句的意思是形容月亮照着栏杆，一层朦胧的珠光，仿佛美人精心妆成，镶嵌着细细密密的钿粟。

蛾绿：

眉黛。

古诗词中常用"眉黛残"来形容相思或惆怅。

前面一句"镜槛妆成调钿粟"，用美人化妆来形容月色掩映，语带双关。这里就直接转到美人身上，"应减旧时蛾绿"就是说自己不在身旁，美人的眉黛颜色也浅淡凋零了。

双照：

这里是用杜甫《月夜》"香雾云鬟湿，清辉玉臂寒"和"何时倚虚幌，双照泪痕干"的诗意。

杜甫诗句是说，如果两人并肩，则月光下眼泪很快就干了。这里小陈是将允庄和紫姬一起写了，想象她俩并肩看月，虽然是双照，但因为少了自己，所以最终还是"孤负阑干"，即触景伤情，不再倚栏望月，于是阑干（栏杆）就寂寞了。

《虞美人》陈裴之

香畹楼听雨。

梦回鸳瓦疏疏响，镫影明虚幌。

争奈此夜客天涯，细数番风况近玉梅花。

比肩笑向巡檐索，怕见檐花落。

伤春人又病恹恹，拼与一春风雨不开帘。

虚幌：

透光的窗帘或帷幔。

争奈：

即"怎奈"。

番风：

即二十四番风信，古人把二十四节气，每个节气对应一种花，凑成二十四番风信，又称"二十四番花信"。

"小寒一候梅花"，所以"番风况近玉梅花"就是小寒将至。

巡檐索：

巡檐即檐下徘徊。

这里是用杜甫"巡檐索共梅花笑"诗意，想象允庄和紫姬并肩在檐下徘徊，索梅花共一笑。

檐花：

靠近屋檐的花枝，这里就是前面写到的"玉梅花"。

《浪淘沙》陈裴之

　　壬午初秋，下榻碧梧庭院，寄姬芜城词。

新涨石城东，雪聚花浓。

回潮瓜步动寒钟。

应向秋江弹别泪，长遍芙蓉。

金翠好房栊，燕去梁空。

开窗偏又近梧桐。

叶叶声声听不得，错怪西风。

新涨石城东：

　　见前"石城潮接广陵潮"注。

　　但此时南京应该已经没有"石城潮"的盛况了，这里或是虚写。

雪聚花浓：

形容潮水激起泡沫，如花似雪。

瓜步：

也作"瓜埠"，南京东南的一座山，又名"桃叶山"。

寒钟：

寒夜的钟声。

金翠：

以金翠为饰，言房屋陈设的华丽。

燕去梁空：

这首诗写在碧梧庭院，是紫姬在南京的家，但此时紫姬已经嫁给小陈，人在扬州，所以小陈回到碧梧庭院，会有"燕去梁空"的感叹。

错怪西风：

西风即秋风，梧桐秋天落叶，所以古人常有"西风凋梧桐"之叹。这里是说梧桐叶虽然没有被西风吹落，但叶叶声声都是离情，更让人伤神，人们却总是怪西风无情吹落梧桐叶，真是错怪西风了。

《台城路》陈裴之

纫秋水榭对月寄紫姬。

深闺未识家山路，凄凄夜残风晓。

雾湿湘鬟，寒禁翠袖，曾照银屏双笑。

红楼树杪，怕隐隐迢迢，梦云难到。

万一归来，屋梁霜霁画帘悄。

凭阑愁见雁字，问书空寄恨，能寄多少？

水驿灯昏，江城笛脆，丝鬓催人先老。

团圞最好。况冷到波心，竹西秋早。

待写修蛾，二分休瘦了。

深闺未识家山路：

这首词写在纫秋水榭，是碧梧庭院中一处，紫姬在南京时住在这里。但因为养在深闺，所以小陈觉得紫姬应该不认得从扬州到纫秋水榭的路。所以后面说"隐隐迢迢，梦云难到"。

双笑：

见前"回身抱成双笑"注。

隐隐迢迢：

化用杜牧"青山隐隐水迢迢"诗句。

意思是自己虽然住在紫姬曾经住过的红楼香闺，但树荫掩映，隐隐迢迢，紫姬想要梦到自己也难。

梦云：

梦云意为美人，这里也指美人之梦。

雁字：

空中的雁行。

因为古人有"鸿雁传书"的典故，所以"雁字"也指书信。

团圞：

即团圆，特指月圆。

冷到波心：

用姜夔《扬州慢》"二十四桥仍在，波心荡，冷月无声"的诗意。这是小陈遥想扬州此夜的月色。

竹西：

即扬州，见前"竹西池馆"注。

待写修蛾，二分休瘦了：

这里小陈继续玩漂亮的双关。

修蛾既可以指美人，也可以指月亮，指美人时是形容美人的眉毛，指月亮时是形容月牙。

二分休瘦了，古人有"天下三分明月夜，二分无赖是扬州"的说法，所以这里的"二分"是说扬州的月色都暗淡了。但同时美人的眉毛也有两条，所以这个"二分休瘦了"，也是说美人都憔悴了。

后记
疲惫生活中的温柔与光亮

最初读到小陈（陈裴之）和紫姬（王子兰）的故事，我还年少，将之读作一个美丽、浪漫，甚至不无"幸运"的青春爱情悲剧，类似古代中国的《恋空》或《Love Story》。

两个漂亮的年轻人，在最美好之时相遇、相爱，结为连理。几乎没有任何错过，也没有多少阻碍，围绕在他们身边的家人与朋友，也仿佛都在温柔地守护着这份感情。直到死亡突然降临，带走其中一人，而后没过多久，另一人也随之逝去。

但他们也因此躲过了世间的衰老、挫折和困顿……只留在一篇短短的绮丽文字中，永远年轻，永远美丽，永远情有独钟、心心相印。

必须承认，读者们喜欢这样的故事，甜美、轻盈，赚人眼泪，又毫无负担，几乎没什么阴暗面，没有恶意、背叛、伤害，每个角色都是善良的，所有误会都是善意的，甚至最终的不幸也带着"真善美"的成分，让主角定格在最青春美丽、两情相悦之时，就连悲伤也呈现出某种绝美的姿态，仿佛摇曳着淡淡的芬芳。

而我总相信，古往今来，人心一也。两百多年前，小陈写下这篇《香畹楼忆语》时，还有同时代读到的亲友们，心中涌起的，想必也是同样带着淡淡芬芳的美丽的悲哀吧。

之后，过了好些年，我偶然重读此文，又稍微深入地了解了一下文中的人和事，以及相关时代背景。

整个故事就忽然完全变了味道。

如果这是一个简单纯美的爱情故事，小陈为何要从父亲生病写起？

他文中未曾提及，陈父（陈文述）并不是简单的"抱恙"，当时整个苏杭暴发疫病，陈家四十天里有十一人先后病故，其中有孕妇，也有未成年的孩子，活下来的人，也大多曾染疾，"死里逃生"。

所以小陈和妻子允庄（汪端）才会如此虔诚地"持观音斋"，"夫妇异处者四年"。紫姬还根本没有登场，家中就开始有为他纳妾的提议。

按照小陈的说法，他是激烈反对的，完全是允庄一厢情愿地张罗，他一再推辞拒绝，为此还在风月场中留下了薄幸无情之名。甚至，从他的某些词作看，还有人怀疑他其实是"惧内"的。

而允庄之所以热心地为小陈纳妾，主要是因为那段时间她选编《明诗》，过于投入，患上严重的失眠症，担忧自己心力损耗，"不克仰事俯育"，上不能侍奉公婆，下不能抚养子女。所以急着给丈夫再找一个"贤内助"。

小陈的母亲龚夫人（龚玉晨）且透露，允庄是"娩后失调"，身体孱弱，这也是"夫妇异处"的一个原因。

估计今天的读者，尤其是女性读者，读到这里都要"呵呵"了：我信你才有鬼！

小陈还一再强调，即使勉强同意纳妾，他也绝不是为了自己，而是要找一个能够洗尽铅华，"温清定省"，尤其是"采兰树萱"，"奉吾老母者"。

小陈兄弟姐妹五人，都是龚夫人所出，最小的妹妹出生不久便夭折了，唯一的弟弟陈学周，小字苟儿，十分聪慧，却也在七岁时病故。这里的"七岁"是虚岁，其实苟儿去世时只有五岁，正是最可爱的年纪。龚夫人为此大病一场，水米不进，"月饮酒百壶"。从此十分善饮，被陈父称为"酒仙"。——略怀疑这可能是酒精依赖的婉转说法，而龚夫人实际上一直未从丧子之痛中真正走出来，到晚年更是每每饮酒过度，醉后性子阴晴不定，"声色所加，恒使人惴惴"。即使在小陈笔下（他必然要美化自己的母亲），也能看出她特别脆弱、敏感，多愁多病，是全家人担忧牵挂的焦点。

后来紫姬病重，小陈陪她回娘家养病。紫姬奄奄一息时，龚夫人略有不适（其实只是感冒头晕），陈父就赶紧给小陈写信，小陈也立刻赶回家去，紫姬去世时他都未能守身边。

所以，从小陈的立场看，他当时真正需要的，并不是文中所写的一见倾心和刻骨铭心，更像是"按图索骥"地"诚征高级生活助理"。

再看紫姬那边，也更像是有备而来的积极"应征"。

按小陈的说法，紫姬出生于一个幸福和睦的大家庭，"姬同怀十人，长归铁岭方伯，次归天水司马，次归汝南太守，次归清河观察，次归陇西参军，次归安乐氏，次归清河氏，次未字而卒，次归鸳湖大尹，姬则含苞最小枝也"。一家十姊妹，花团锦簇，除了八姊早夭，似乎个个都嫁得不错，而紫姬是最小最受宠的一个。

但仔细考察一下，就会发现事实并非如文字所呈现的那般美好。

十姊妹并非一母所生，有的也许还是养女，且养育她们很可能就是为了给人做妾。可以想象，"嫁得好"应该是紫姬姊妹们从小耳濡目染的人生目标，而前面几位姐姐也都乖顺地听从安排。

紫姬的生母早逝，七姊瑞兰和她是同母姊妹，八姊小兰可能也是，但小兰早夭。而瑞兰特别有个性，或者说勇于追求爱情，不顾家人的反对阻挠，嫁给了一位戏子，好像还是靠她养着。——至于谋生的方式，就不好说了。

可以想见，瑞兰此举掀起了怎样的轩然大波，时人记载是"其母颇诟谇"，这里的"母亲"应该是她们的嫡母。

不管嫡母多么生气，瑞兰已经离家，那么承受"诟谇"的，想来是其余未出嫁的妹妹，尤其是她的同母妹妹。——如果猜想得更阴暗一点，小兰的早夭不知和这有无关系？

作为两百年后的旁观者，我们很难评估所有这些给"含苞最小枝"的紫姬造成了怎样的心理影响。只能推测，若她真如小陈文中所写的那般聪明、敏感而沉静内敛，或许在心里始终憋着一口气，一定要嫁得"足够好"，连七姊八姊的份一起，好到让嫡母无话可说，让身边所有人都艳羡不已。

小陈似乎就是那个"足够好"的选择。

据说追求紫姬的还有另一位名士侯云松，虽然年纪大了点（当时侯已经五十多岁），但人家正经中过举人，也算名满天下。只是比起年轻有为、前途无量的小陈，就没什么竞争力了。

虽然小陈并未中举，一直在当幕僚，所谓"以同知衔"即"享受正五品同知待遇"，不过是挂的虚衔，清代中晚期此类虚衔泛滥成灾，人手若干个，实在不算啥。

但陈父年轻时即以"团扇诗"成名，为名臣兼大诗人阮元所赏识，虽然只是一介江都县令，但同时几乎可以算江南文坛主持一方风雅的"教主"，且陈家通过姻亲师友的关系，与江南各路大家名士、各个书香门第都有千丝万缕的联系，尤其是小陈妻子的娘家汪家，和她的外祖梁家，家世底蕴都极为优越。

此外小陈还姿容出色。其祖父就留下"身长玉立"的记载，他更是有"金童"之誉。据说允庄的父亲一见到他，就"喜摩其顶"，欣然将爱女许配。而且在风月场中，小陈虽然一直在刷"青楼薄幸"的人设，倾心于他的姑娘还是不少。

如此种种，紫姬之仰慕小陈，固然有仰慕其品貌才华的成分，但在她内心深处，是不是更因为这是一场让她扬眉吐气的"好嫁"呢？

至少在小陈文中，就不止一次地借他人之口，说紫姬嫁给自己，实在是"为蘼芜媚香一辈人扬眉生色矣""为天下银屏间人吐气"。

再看小陈与紫姬的初相遇，烛影摇红、暗香浮动，"主宾双玉有光，所谓月流堂户者"。但若是揭开这层浪漫的月光的轻纱，又何尝不是一次准备充分的"面试"。

"余量不胜蕉，姬偕坐碧梧庭院，饮以佳茗，絮絮述余家事甚悉。余讶诘之，低鬟微笑曰：'识之久矣……夙闻君家重亲之慈，夫人之贤，君辄有否无可，人或疑为薄幸，此皆非能知君者。堂上闺中终年抱恙，窥君郑重之意，欲得人以奉慈闱耳。'……"

可以说，紫姬完全清楚小陈需要的是怎样一个人，以及自己将面对怎样的家庭环境，应该扮演什么角色，做好哪些分内之事。虽然姿态婉转，软语低回，却是清晰明白地将这份认知与自我定位传达给了小陈。

小陈则"怦然心动"，"嗣是重亲惜韩香之遇，闺人契胜璃之才，搴芳结缡，促践佳约"。

到这个时候他还在拿父母与妻子的感受说事儿，总让人觉得这"搴芳结缡，促践佳约"背后，固然有着青春爱恋的冲动，更多的只怕还是供需一拍即合的默契。

至此，或许有读者朋友会问，在解读古书中的故事时，有没有必要"想那么多""看那么透"？

是啊，为何不让小陈与紫姬的相遇，就停留在"画烛流辉，玉梅交映，四目融视，不发一言"的如诗如画的状态中？为何不让他们的故事，就停留于小陈笔下清丽文字所编织和粉饰的浪漫传奇中？

当我们接触到历史人物和事件的"原生态"文本时，无论这文本经过当事人怎样的修饰，多多少少都会有一种"与传说不符""与曾经的印象不符"的不确定感。随着年龄和阅历的增加，每一次重读，这种不确定感，以及由此带来的不安、不满和不甘，似乎就会更增加一些。

因为世间传说总是萃取最纯粹的部分，再打上柔光，加上滤镜，配上荡气回肠的背景音乐。但事实的真相，人性之幽微，往往要复杂得多，甚至会与读者心目中那些美好的东西，以及当下的是非和道德标准相冲突，难免让人觉得不爽或不适。

那么，遇到这样的情形，作为读者的我们应该怎么办呢？

合上书"不去多想"其实是不错的选择。我们所处的世界已经如此复杂且并不全然友善，在传说或最初的印象里，保留一点单纯的爱与美，寄托一点简单的向往，实在也没有什么不好。

但"想多一点""说透一点",同样也没有什么不好。

如果有心,也有时间和兴趣的话,试着去接受历史上人和事的本来面目,放下预设立场和主观印象,设身处地、推己及人地去推测、感受事态的形成、发展和结局,以及人性中复杂幽微的部分,或许能得到更丰富而有质感的阅读体验和感悟。

而在尽量试图尊重、还原事实的基础上形成的真正属于自己的态度、观点和理念,也就更为扎实和厚重。

以及,有的时候——应该说大多数时候,在经过了"想得太多""看得太透"的"看山不是山,看水不是水"的阶段之后,会再次看到不一样的山和水,收获更为真实和深沉的领悟与感动。

就如小陈和紫姬的故事,看明白了小陈动心和求娶背后的需求与目的,懂得了紫姬钟情和愿嫁背后的不甘与渴望,再看命运为他们安排了怎样的发展和结局,他们又是如何面对,并在其中放置自己的心与感情……我忽然就意识到,这并不是一个甜美轻快的青春爱情悲剧,而是照进疲惫无奈的现实生活中,那短暂却珍贵的一抹温柔、一缕光亮。

而很多时候,支撑我们走下去,使我们对这个世界不致失去信心的,就是这样的温柔与光亮。

最初看《香畹楼忆语》，感动之余，我就曾觉得困惑，在一个明明是两个人相遇、相爱、相守与生离死别的纯情故事中，为什么小陈写了那么多公务上的事儿？还那么不厌其烦，不避琐屑，絮絮叨叨，得意扬扬：自己如何得到大佬们的赏识，如何辛苦奔波，怎样成绩斐然，得到了多少赞誉和褒奖，有着怎样的升职空间与发展前景……真的，在一个简单的爱情故事里，这样的字句实在越看越刺眼，让原本应该是"翩翩浊世佳公子"的小陈，倒有几分像是古代言情小说里最为不齿的那些"须眉浊物"了。

更何况但凡读者有心，稍微翻一下当时的相关史料，便可知他所处理的那些庶务是何等琐碎，得到的那些褒奖是何等空泛，表达的那些政见是何等平庸，取得的那些成就完全没有留下任何痕迹，而他小心翼翼满怀敬仰提及的那些有知遇之恩的大佬们，在史书中又是怎样一言难尽，甚至不无丑态与劣迹。

难道敏感多才如小陈，就真的被世间功名利禄和自己那点微末成就蒙蔽了双眼，看不到在一篇追忆所爱之人的温柔缠绵的文字中，放进这样的句子，有多么虚伪、混乱而使人难受吗？

更让人难受的是，就连紫姬，在他笔下"如出水芙蓉""冰雪聪明"的紫姬，全文中与他字数最多的对话，也还是关于他那些盐漕庶务的破事儿！

如果紫姬的长嫂闰湘和七姊瑞兰为《香畹楼忆语》所作序言为实，那么此文是在紫姬去世后第十天，小陈坐在她的闺房中，文不加点，垂泪写就的。

这也解释了为何文章虽清艳缠绵，却也相当错综混乱，有些地方前言不搭后语，有些段落时序颠倒，有些引用毫无意义。因为那是一个人在最悲哀之时不假思索落下的字句。但若因此，就认定字字句句都是发自他内心的肺腑之言，也未免太过天真。

事实上，随着年事渐长，我越来越觉得，人类实在是一种很善于自我欺骗的生物。古人一句"外有余必中不足"确实是真知灼见，诚不我欺。

一个人，他外在越极力表现什么，越是大声地频繁地一再地说着什么，这个"什么"在他内心深处，就越是空的、虚的、假的，没有意义和价值的。若是他已经自我欺骗到了在一篇如此恍惚混乱状态下和泪写就的悼亡文字中，仍在强调那些庶务与成就，说明在他内心深处，他是多么清楚这一切是何等虚幻而不值得，同时，他对这种认知又是何等的恐惧。

了解到这些，我们再回头细看小陈笔下他与紫姬的故事。最开始的时候，尽管字里行间藏着多少不便明言的东西，但叙事仍是完整流畅的，细节生动，人物众多但丝毫不乱，大家都面目鲜明，表情丰富，整个故事洋溢着青春的甜美芬芳，所以才会那样蛊惑当初读到这些文字的我。

　　因为那时，紫姬不过十八岁，小陈也才二十七岁，真的好年轻，也真的是爱过彼此。

　　无论这份爱里掺杂着怎样的需求和索取，有着多少权衡与算计，青春仍是青春，爱仍是爱，文字间的喜气，回忆中的甜美，甚至某些地方的热烈大胆，无论隔了多么漫长的岁月，仍能清晰地传递给每一位读者。包括一些非常琐碎的小事儿：忽然绽放的并蒂兰花、绕在脚边恋恋不去的小猫咪、手指上相同的纹路、做媒的长辈掀髯大笑的样子、迎亲的画船桨上的图案、两岸青山、一江春水……甚至连紫姬家中众多姊妹们各自的归宿，小陈都一一记了下来。有一种说法是，一个人是否爱你，看他（她）对待你亲友的态度便可知道。若是如此，那小陈一定是真的曾经很爱很爱紫姬的，他写紫姬的姑嫂姊妹，比写自己的姊妹所用笔墨要多得多！

　　但是，随着紫姬嫁进陈家，之后整整四年，这样的细节几乎消失殆尽。虽然在回忆文字中，小陈极力渲染紫姬的贤孝，可绝大部分内容和他并没有直接关系，多是他听家人转述；虽然小陈还在铺陈他对紫姬的爱意，但能拿出手的，只有出门在外时一首又一首寄给她的诗词；虽然小陈想要写出紫姬"出淤泥而不染"的风骨，拿出来标榜的却是一篇多年前不甚相干的应酬文章，还不合时宜不讲章法地全文引用，搞得读者一头雾水；虽然小陈想要让紫姬的形象更为鲜明动人，但写到她玩月、听雨、乞巧、赏乐这样的风雅段落时，文字之苍白，细节的缺失，让人忍不住要为之长叹……我们只能认为，之后的四年里，他们确实聚少离多。那段时间，小陈是真的把全部身心都放在仕宦庶务上。他文中所写的宦海艰辛、疲于奔波、琐事缠身、颓形闷损，并不是公子哥儿的矫情，而是低级幕僚的悲催日常。

当然，我们能理解他为何如此，父亲年迈，叔父们不成器，兄弟早夭，一家人的生计都压在他肩头。而他年少时虽被目为奇才，却科场蹉跎，处理庶务虽有能力，但也处处掣肘……真实的生活从来不是小言或爽文，每一个成年人生计之不易，古往今来，并无二致。

事实上，为了看明白小陈在文中所说的那些庶务，我去翻看了一些关于当时江南盐、漕、水利的史料与论文，那真的是后世的我们无法想象的泥潭和酱缸，是无论怎样的天纵奇才，也不可能有解的困境与乱局。隔着近两百年的时光，仍然看得人窒息。

就是因为这样的困境与乱局，小陈再也未曾看清紫姬的模样。

他只记得他们最初相遇的样子，只记得她初嫁时短暂的欢乐时光，以及仕宦奔波的缝隙中极少极少的一点点温馨。而他以为他们还有时间，他以为总有一天可以弥补这样的缺憾，但当书中的细节再度丰富起来，当紫姬的音容笑貌再度清晰生动，却已经是她生命中最后的时光了。

小陈其实是知道的。知道自己得到了她又疏远了她，爱着她却又冷落了她，知道四年里她是一个完美的家庭生活助理而非被爱之人，知道自己其实是写不出和紫姬完整的故事……他也知道，自己这样做是为了什么，还知道这个"什么"其实是何等空虚而无意义。

但他不忍承认，不敢承认，直到悼念她的文字中，追忆她的音容笑貌时，他还在欺骗自己，而我以为，他其实是知道自己在欺骗自己的。

但小陈真的是爱过紫姬的。我们这些后世的读者，看到他在文中后半部开始絮絮叨叨甚至不成章法地罗列什么人送来怎样的挽联，什么人写了怎样的悼文，父亲信中怎样赞美她，母亲文中怎样追忆她，妻子怎样哀伤，儿子如何为她戴孝，朋友们怎样将她捧为"国朝以来，姬侍中一人而已"……会再次感觉到违和与混乱，因为前面并没有足够的事迹、细节和感情来支撑这样深切的悼念和如此高度的赞誉。

然而这就是真实的人生，真实的人生是没法讲究谋篇布局的前后呼应、均衡对称的。小陈是真的爱过紫姬的，也是真的懂得紫姬的，因为爱过和懂得，他知道她要的是什么，而自己又怎样辜负了她。

而紫姬要的其实非常简单，也是世间绝大多数人不能释怀的东西，最为人之常情的两样：生前爱，身后名。

"生前爱"他已经不能再给到她了，那就尽他所能给予她身后的令名吧。

所以我们这些后世的读者，能够清晰地看到，小陈这篇悼念文字从始至终都在试图与那部脍炙人口的《影梅庵忆语》比肩，试图将紫姬与已经成为传奇的绝代佳人董小宛相提并论；将自己与紫姬的故事，拔到冒董之间山河破碎时的生死之恋的高度。与此同时，我们也清楚地看到，他这种努力是多么苍白而徒劳。

小陈与紫姬的故事，也实在是太单薄，它不是"影梅庵传奇"，它甚至不是一个完整的爱情故事，只是一曲小小的、轻柔的，而又残缺不全的哀歌。

而小陈就是不能，也无法正视，他们的爱情是这么细小、这么微末、这么苍白。但又正因为他不肯正视、不甘正视，使得这份细小、微末、苍白的爱情，有了格外动人的力量。

关于爱情，我看到过的最动人的表述，是玛格丽特·杜拉斯所说："爱之于我，不是肌肤之亲，不是一蔬一饭。它是一种不死的欲望，是疲惫生活中的英雄梦想。"

我以为，小陈这篇两百年前的悼亡文字，是对这段话最好的诠释。

他与紫姬的爱情，绝对不完美、不纯粹，不是童话也不是传奇，甚至是残缺的、苍白的、单薄的，经不起推敲和细究；但它又是如此真实，真实得仿佛一篇心理学病理报告，真实得仿佛就是你我身边随处可见的故事，甚至是你我都会遇到、拥有、错过和怀念追忆的感情。而这样的感情，仍然顽强地要发出自己的声音和光彩，一种不死的欲望，一星疲惫生活里的英雄梦想，因而成为那么温柔动人的一点光亮，经历百年一直传递到今天。

而很多时候，支撑我们走下去，使我们对这个世界不致失去信心的，就是这样的温柔与光亮啊。

最后的最后，小陈写下这样的句子："郁烈之芳，出于委灰；繁会之音，生于绝弦。"

向死而生，是他对他与紫姬的爱情的最后的领悟。很难说他的梦究竟醒了没有，因为此后的人生，他仍在仕途宦海里奔波，劳顿，苦苦挣扎，又在紫姬死后两年骤然离世。但我宁愿相信，那一星英雄梦想，那一点不死的欲望，以及由此而来的温柔与光亮，他终于还是感觉到，并拥有了。

半枝半影

2020 年 12 月　于北京

后 记

附录

紫湘诔

陈文述

紫湘，秣陵王氏女，年十九，归余子裴之为侧室。婉嬺^{yì}淑慎，门无间言，道光甲申七月四日，以疾卒。其生平言行，既见于余室人所为小传矣。余悯其有柔嘉之德而早逝也，为此诔^{lěi}以哀之。颐道居士记。

呜呼紫湘！秉德淳贞。淮水之秀，钟山之英，嘒彼小星，以事君子。大妇心怡，高堂色喜。吾家族大，食指逾千，同声称嫩。惟尔之贤，重亲致欢，善承色笑，侍膳问安；惟尔之孝，佐馂^{jùn}调药，以事小君，夙兴夜寐；惟尔之勤，言闲怨礼，行知饰性，无违夫子；惟尔之敬，姬侍备此，令德克宣，允宜获福。奚不永年？剪纸招魂，采蘋设祭。我作此辞，潸焉出涕。

紫姬小传

龚玉晨

　　姬王氏，名子兰，字紫湘，一字畹君，秣陵人，余子裴之侧室也。

　　初子妇汪端来归，生子孝如，弥月殇。逾年又生孝先。娩后失调，体羸多疾。又因夫子颐道先生病剧，端誓愿长斋，绣佛三年，继以选明代人诗初、二集，聚书盈屋。晨书暝写，心劳神疲，恒数昼夜不得寐。因请于余及颐道先生曰："端以庸质，作配高门，仰沐慈爱，有逾顾复，比得醒疾，终夜不寝。医云疾在心神，不加静摄，将成怔忡。自问幼耽坟籍，疏旷针黹^{zhǐ}，十馈五浆，尤非所谙。虽重亲高堂，矜其不逮，夙夜循省，心何以安？且堂上膝下，仅止公子一人。含饴抱孙，亦止孝先一人。螽斯蕃衍，宜求淑俪，以主中馈，俾端得安心优游文史？以延孱弱之躯。"并于祖翁先奉政公、祖姑查太宜人前再三言之，虽未即许，未尝不鉴其心之苦、情之挚也。

嗣夫子以公至秣陵，闻姬贤，归言之。端闻请曰："端之前言，实本肺腑。即不为公子求佳偶，独不可置簉室乎？且紫姬词翰，端曾一见之，尤非寻常金粉可比也。"

夫子乃禀命堂上，介同岁生侯君青甫暨欧阳大令棣之为蹇修，诹吉迎归，端先期营香畹楼以居之，故又字畹君也。

初至之夕，宾客云集，姻眷侠侍，姬端秀静穆，神光离合，若琼花之照春，而华月之白夜也。

余以久病，辟谷十稔，裴之尝与端言，苟谋置簉，必得能侍余疾者。姬至逾月，辄屏铅华，佐治内政，侍余尤尽心力，朝夕不离。

余性畏雷，每顽云屯空，惊电掣影，裴之夫妇辄在侧。姬既至，裴之或以事他出，或在家，虽深夜，姬必先侍余侧也。

上年春，余在扬病亟，姬焚香吁天，请以身代，并代裴之持观音斋。

客冬端病头风，手不能持匕箸。医者云易传染，语甚危。姬黎明起，不梳洗，不进饮食，先为大妇敷药餔糜，抚摩抑搔，恒至深夜，衣不解带者数月，端疾竟赖以愈。

孝先自离乳哺，即随余寝食，虽孩提，性方执，行坐有常所，不多言，言辄喜作模棱语，婢媪不能通其意。姬喜爱若所生，佐余抚视，余因得晏息焉。

余家世代寒素，服食朴简，姬荆布粗粝，安之若素，以是尤得先奉政公欢心。去春奉政公病，姬发愿持淡斋，不食盐豉。

姬生母早卒，老父嫡母在堂，乞于上年十月归省，并为生母扫墓。嗣遭奉政公大故，举室南还，不克践约，既痛奉政公之见背，又感念生母。每夜分辄悲泣，遂成嗽疾，中间侍大妇之病，已辄讳疾不言。洎余知之，延医调理，甫少瘥。会余疾作，扶病侍余坐窗前，适当风处，嗽疾复作，遂不可止。

裴之始以治文案，浚河渠，襄盐策，获巨枭，受知于节相孙公、黎襄勤公，爰会中丞韩公奏请以通判留江南补用，已奉特旨准行矣。嗣以部驳，将赴都请分发。

姬谓裴之曰："君之冀留江南者，为近侍堂上计也。今分发则远近不可知，慈闱多病，势不能往，妾当在家，代君侍奉，至夫人之不能往者亦势也。君宜别求淑质，代佐内政。"并言之余，余以闺中人材难得，余病年来亦渐轻减，且有姬人管筠，次女丽娴侍余，劝慰之，属(zhǔ)勿萌是念。

裴之先蒙圣谕，更属缉捕勤能，感效驰驱，叠擒(qín)枭盗。去冬今夏，历荷节相甄劳复奏，又奉特旨以始终奋勉，敕部先选，仰邀异数，举室衔恩。孰知裴之将得官，而姬已先逝耶！

方病之亟也，裴之驰书秣陵，招翁媪至苏，存问慰藉，喜见颜色，疾以渐瘳(chōu)。既病复作，自知不起，恐余之忧悸也，强自支励，言翁媪虽得见，而扫墓之愿未遂，心恒耿耿，思力疾一行，以毕所怀。且藉养疴，泣请数四，乃令裴之送之秣陵。

将逾月，会余以感冒撄疾，姬闻信促裴之归，洎有书来，辄言病少愈，以安裴之心。裴之于六月二十二日至吴门，为余祷于元化先生祠。

余病就痊，梦寐恒恍惚，幼稚言见姬归，乃于七月初三日促裴之行。而七夕秣陵人至，则姬已于初四戌刻逝矣。

其归也，若恐余之不任哀痛而故远之；其逝也，若恐裴之亲视永诀之伤神也，而遽先之。临终神气湛然，闻雷声隐隐，犹念余不置。

裴之本以初二日行，因家中人为制湖绵殓具，乃先遣仆星夜驰报以慰之。适有以水蜜桃饷者，余知其所嗜，命赍往。初五日至，而姬已逝。桃实无恙，仅充灵座之供。

裴之初六日至，至一棺长掩，殓具已不及用。与刍灵冥楮，同付焚如而已。

信至，太宜人以下，无不痛哭失声，大妇尤哭之恸，夫子与余辄请于太宜人，命裴之携柩至苏，厝虎邱

禅寺奉政公灵　侧，俟奉政公归葬，同至西泠卜厝焉。

姬数年来，不易一衣，不制一钗，不私蓄一钱。裴之衣服玩好，图绘书籍，付收掌者，辄为箧衍小字记之，部别居分，不失累黍。性耽文翰，从裴之夫妇受诗法，有《寄公子扬州诗》《自秣陵寄大妇吴门诗》二篇。馀则断楮残编，与零膏冷翠同尽矣。

呜呼！姬之未至也，知其美丽，不知其淑慎也。既至，知其淑慎，不知其勤俭也。久之，知其勤俭，不知其贤孝也。乃阅数年之久，而其贤孝之实迹，以自晦而愈明，觉无事不入人心脾。

余沉疴委顿十馀年，需人娱侍，得此贤孝之媛，而复失之，每一忆及，不知涕之何从也。因制泪和墨，作为此文，俾后之览者，知其概焉。

姬生于嘉庆八年癸亥七月十四日，卒于道光四年甲申七月初四日。生年二十有二。其卒也，夫子为诔，裴之为《香畹楼忆语》，大妇端，管姬筠，余大女华媛、次女丽媛皆有诗。

论曰：古称姬妾之贤者，若茜桃、朝云，皆以得侍文人，获留姓氏。柔嘉之则，传者勿详。姬家金陵，六朝旧都，碧玉桃叶，艳迹在焉。而姬之柔嘉，远过茜桃、朝云。揆之载藉，殆络秀之流亚，而惜其不永年也。悲夫！

道光四年岁次甲申七月中浣

钱塘龚玉晨（羽卿）撰

紫姬哀词并序
汪端（允庄）

　　紫姬碧玉韶颜，绿珠慧性。家近青杨之巷，门临白鹭之洲。姊妹十人，姬其季也。

　　画遍十眉，旧名花蕊，绾来双鬟，小字桃根，其归我朗玉夫子也。

　　春江打桨，官阁飘镫，璧月凝辉，前身定呼明月；琼花照影，几生修到梅花？

　　姬复性厌铅华，凤耽词翰，兰羞佐馂，燕寝怡颜，椒颂流馨，鸾台浴德，颍川之门无歧誉焉。

　　客冬，余卧病殊剧，姬仁苦哺糜，含辛调药，中宵结带，竟月罢妆。余疾既瘳，姬颜始解。呜呼贤矣！

　　岂知瑶华萎雨，琼屑销尘，扶病归省，卒于母氏。

　　萱帏雪涕，兰阁招魂，羌渺渺兮予怀，伫珊珊之入梦。瑶情玉色，谁撰馆陶仙子之铭？霞袂云軿（píng），待续宝懿夫人之传。

诗成八律，泪绠（gěng）千丝。

其一

泪洒西风黯碧纱，钿蝉零落吊明霞。

云中紫凤长离鸟，池上夭桃薄命花。

夜月空林呼妙子，晓钟残梦见瑶华。

疏星三五光初掩，愁看银河络角斜。

其二

蕊结同心九畹芬，渡江桃叶美人云。

画眉菱镜花双笑，记曲珠帘月二分。

篆玉鸳鸯犹剩字，泥金蛱（jiá）蝶尚留裙。

早梅官阁经行处，莲屧（xiè）苍苔印碧纹。

其三

月照香婴画阁虚，谢娘新咏丽芙蕖。

枣花帘箔调鹦鹉，芸叶窗纱辟蠹鱼。

红衲道人工写韵，白云仙子最知书。

兰膏翠羽留遗迹，奁艳重翻恨有馀。

其四

寒闺侍疾夜迟眠，药裹劳君细意煎。

彩胜倦簪挑菜节，罗屏静掩试灯天。

解歌芳草朝云慧，洁奉兰羞络秀贤。

犹记江城砧杵动，春纤叠雪擘吴绵。

其五

琼肌病怯杏罗轻，眉翠颦多画未成。

虚幌药烟愁拥髻，小窗花影罢吹笙。

金猊火冷香慵炷，玉马风驰梦易惊。

惆怅红冰凝别泪，满天梅雨圜间城。

其六

皂荚桥边问故家，晚乌啼断六朝花。

女墙静夜潮初上，水榭新凉月正华。

衔到玉鱼愁豆蔻，拨残金凤怨琵琶。

退红衫子空裁制，白蝶飞灰散晓霞。

其七

新月蛾眉忆晚妆，凄风穗帐泣归航。

哀蝉落叶秋如水，早雁明河夜渐凉。

锦瑟惊弦怀梦草，玉箫旧约返生香。

画帘微雨黄昏后，谁念檀奴鬓欲霜。

其八

女坟湖冷殡宫遥，旧日妆楼锁寂寥。

露砌碧苔吟蛬蟀，风廊翠竹网蠨蛸。
xiāoshāo

秋云罗帕温香渍；明月琼杯艳影消。

留得玉梅遗挂在，亭亭素质带愁描。

同作

管筠（静初）

其一

秦淮烟柳石城潮，问讯青溪第几桥。

仙子鬟眉春黛染，美人衫袖落花娇。

方期洛水霞长映，何事嵊山雪易消。

惆怅罡风吹太急，一株玉树陨南朝。

其二

金灯照夜月初圆，往事分明在眼前。

香雪梅花晓妆阁，烟波桃叶渡江船。

相看大妇怜中妇，岂料今年异去年。

兰语缠绵桃骨瘦，忆来一度一潸然。

其三

江上青山隔翠微，白门杨柳梦依稀。

空怜听雨潇潇去，不见看花缓缓归。

四载玉颜成永诀，全家珠泪惜分飞。

夜阑帘外天如墨，愁绝籯镫制殓衣。

其四

黯淡文窗韵字纱，归帆盼断曲江涯。

虎山寻梦烟初暝，鹤市招魂月正华。

暂寄玉棺吴苑寺，待营香冢宋宫斜。

茜桃抔土芳邻在，天竺峰前吊落花。

王维鋬辑
本为"坏"。

同作（又）

陈华姬（萼仙）

其一

我弟才华小凤皇，得君亦复似鸳鸯。

香名谢氏乌衣巷，春色卢家白玉堂。

一树琼花留艳影，满庭璧月照明妆。

如何绝代婵娟子，零落嫣红陨晓霜？

其二

消息传来掩泪听，落花如雨葬倾城。

青山会见营新冢，翠水应知理旧盟。

瑶瑟前尘悲晓梦，玉箫后约望来生。

一编忆语从头读，香畹楼头碧汉横。

同作（又）
陈丽姬（苕仙）

其一

杨柳南朝树，芙蓉北苑妆。

衣裳雕玉佩，楼阁郁金堂。

桃叶春波稳，琼花夜月凉。

当年嫁张硕，亲见杜兰香。

其二

隋苑通吴苑，频年数往还。

含香吴寸趾，识曲谢双鬟。

纤柳销春黛，夭桃瘦玉颜。

可怜扶病去，凄绝汝南湾。

其三

滴泪空如水，伤心欲问天。

魂归残月影，梦短落花烟。

鹦鹉三生石，鸳鸯两度船。

玉萧情不断，应结再生缘。

《香畹楼忆语》序（一）
马又兰（闰湘）

广平居士以梅垞生新谱《影梅庵传奇》乞云公子题词，俾纾折玉之感。公子读之，益增凄恨，时距紫姝之仙去者十日矣。

闰湘请于公子曰："《影梅庵忆语》，世艳称之。然以公子之才品，远过参军；紫姝之孝贤，亦逾小宛。且此段因缘，作合之奇，名分之正，堂上之慈，夫人之惠，皆千古所罕有。前日读君家大人慈训，有曰'惜身心而报以笔墨，俾与朝云茜桃并传'。公子其有意乎？"

公子乃坐碧梧庭院，泪滴濡毫，文不加点，随时授余。读之情文相生，凄艳万状。

犹记紫姝未字时，余尝与艳雪、翘云、韵秋、赠香、小燕诸人私语曰："个侬吹气如兰，奉身如玉，除是侍香金童，甫能消受耳。"

既见公子，争庆得人。饮饯之夕，芳菲满堂。皆曰"十妹此行，何异登仙"。挂钗拂袖，多有感羡泣下者。

迨妹今夏归省，语及公子恩谊，辄嚬蹙曰"薄命人惟恐消受不起"。呜呼！铭心刻骨之言，孰料为撒手离尘之谶哉？

妹之病也，姊姊姨姨曾被赒恤者皆愿以百身赎之。于其逝也，相向而哭者皆失声。况以公子怜香惜玉，情之所钟，其缠绵激楚，自有大难为怀者。

然自有此作，紫妹既在所必传，村拙如闰湘辈亦得厕名简末。如此淮南拔宅，鸡犬皆仙。公子之心尽矣，紫妹之灵慰矣。

题曰《香畹楼忆语》仍《影梅庵忆语》例也。世有牙旷，谱入宫商，乌纱钿鬖，登场学步之时，吾不知此后赚人清泪又将几许尔。

甲申七月

扶风闰湘居士挥泪谨书

《香畹楼忆语》序（二）
王瑞兰

　　余家同怀十人，惟紫妹最幼最美最才最贤，而难得者为最孝。其居我生母之丧也，哀毁骨立，徒以老父在堂，未即身殉。嫡母既抚如所生，妹亦曲尽恭顺，惟于背镫倚枕，感念亡亲，泪渍衾裯^{chóu}，历数年如一日也。

　　余闻其将有所适，归叩其详，妹曰："云公子人品学问，有目共赏，毋俟鄙言。"闻其传家孝友，天性过人，此尤妹所怦怦心动者耳。

　　余曰："门高族大，契洽良难，以吾妹淑性处之，自无不宜家宜室。惟是同母手足，目前仅我两人，一旦暌^{kuí}离，深萦我念。今与妹约，别后如不暇搦^{nuò}管，觅一花一草寄我，即可知妹近状矣。"妹领之。

　　画楫渡江，积旬伻^{bēng}返，发函伸纸，蛱蝶双飞，弄翠眠香，栩栩欲活，灵心飞动，喜可知已。

今夏归省养疴，欢然握手，备述堂上之慈，夫人之贤，并闻雅娘、龙媪云，此来举室送行，潜然出涕，馈问之使不绝于道。余方欣感交集，以为吾妹之贤孝，既有以上契亲心，虽金枪马麦，定业难逃，然人定胜天，造化或容默挽耳。不虞昙花现影，落叶归根，遽折连枝，使人痛绝。

夫就妹生平论之，慧心纨质，燕寝承欢，月满花芳，玉郎专宠，家山重到，骨肉全逢。既亲二老之颜，复告生身之墓。薤露素车之吊，备极哀荣；梨云穗帐之悲，靡间存殁。无毫发之遗憾，无父母之贻罹。兰缘既尽，撒手以去也固宜。

惟闻父母告余云，公子以老亲在上，力抑哀情，然浃旬以来，惟见以眼泪洗面。逝者如斯，生者如之何？垂垂鹤发，感激涕零。呜呼！吾妹纵脱爱缘，鉴此芳情，亦当似玉箫再世矣。

余多愁善病，憔悴中年，既痛逝者，行自念也。

一灯如豆，三复斯编，感公子之情多，惜佳人之命薄。幽窗冷雨，扑笔泫然。

甲申巧月

太原瑞兰雪涕拜题

　　　　　　　　　　　　　附 录

图书在版编目（CIP）数据

《香畹楼忆语》今译　详考　精解 / (清) 陈裴之著；半枝半影　译注、解读 . -- 桂林：漓江出版社，2021.9

　ISBN 978-7-5407-9110-0

Ⅰ . ①香⋯ Ⅱ . ①陈⋯②半⋯ Ⅲ . ①古典散文－古典文学研究－中国 Ⅳ . ① I207.62

中国版本图书馆 CIP 数据核字 (2021) 第 140411 号

《香畹楼忆语》今译　详考　精解
《XIANGWAN LOU YIYU》JINYI XIANGKAO JINGJIE

〔清〕陈裴之　著
半枝半影　译注／解读

出 版 人　刘迪才
策划编辑　符红霞
责任编辑　赵卫平
封面设计　佚　名
内文设计　柒拾叁号
责任监印　黄菲菲

出版发行　漓江出版社有限公司
社　　址　广西桂林市南环路 22 号
邮　　编　541002
发行电话　010-65699511　0773-2583322
传　　真　010-85891290　0773-2582200
邮购热线　0773-2582200　　　电子信箱 ljcbs@163.com
官　　网　www.lijiangbooks.com
微信公众号　lijiangpress

印　　制　香河县闻泰印刷包装有限公司
开　　本　880 mm × 1230 mm　1/32
印　　张　11.5
字　　数　220 千字
版　　次　2021 年 9 月第 1 版
印　　次　2021 年 9 月第 1 次印刷
书　　号　ISBN 978-7-5407-9110-0
定　　价　52.00 元